U0060301

真情

情

韓滿

著

目　次

才情(代序)

　　若佮韓老師較熟似的，會叫伊含慢的；無影無跡，伊哪有含慢？伊真有才情呢！

　　伊偌爾仔重情、惜情咧，足勢用真情寫出世間的苦情、感情，誠勢盡情寫出友情、親情、翁某情、師生情……。

　　有時陣，伊是情的化身，攏咧做人情予人。

　　有時仔，情是伊的化身，嘛咧做人情予伊。

　　因為伊虔心對待人，會牽出真情；因為伊真情對待人，會引來感動。

　　人講文章生做佮人仝款，啥款人就寫啥款的散文。韓老師寫散文直腸直肚，繪激樣，有話就直透講，有情就直透寫，佮揭蠔捽仔行雲

頂的無仝，毋信，請恁來讀就知。

蕭藤村寫佇石硦溪邊

自序

　　情有真濟款，有的是若一杯水，無啥滋味，毋過時間久久袂走味；有的是若一杯茶，會芳、會甘，毋過定啉會淡薄仔痴；有的是若一杯酒，有苦、有甜，毋過啉傷雄煞會醉。

　　人生是足濟情牽纏做伙的一齣戲，阮共遮的情分作親情（包括爸囝情、母囝情、姊妹情）、翁某情、師生情、朋友情、有情、真情六種情。向望逐家久久長長攏會當用真情相對待，所致這本散文集就號作「真情99」。

　　佇落雨的暗暝若聽著江蕙的「落雨聲」，會予人觸景生情，引出沉佇甕底的一段情，文章若無「情」做背景，彼就敢若有魂無體，無病咧哼哼呻。每一篇散文攏有一个感動人的故事。故事是人生歲月中一直生出來的，有人是身份、壓力、認知等因素，心聲無愛向人吐露，

阮藉著筆經過改編替人說真情，無定若你、無定若我，毋過任何一編故事攏無影射任何人。

　　人生本來就有圓佮缺、得佮失，袂當事事攏像酒蜜 100 遐爾仔甘甜，雖罔時間會變、人心會變，毋過不變的是咱的真情久久~「**真情 99**」！

第一輯　親情

對一張舊相片講起

東爿的日頭探出頭，捽一下走來到阮兜，連鞭就閣走去西爿的海溝。一工過一工，一冬又一冬，歲月親像走馬燈，轉啊轉，一直轉袂停，毋過，較轉嘛無法度轉倒反。

阮無張持反著一張黃黃的舊相片，一、二、三……九、十、十一，差一个就一打囉！有人是歹勢歹勢毋敢笑、有人是閉思閉思文文仔笑、有人是大範大範喙笑目笑，連手裡抱的彼二个嘛笑甲誠古錐。不而過，煞有一个細漢查某囡

仔喙唇翹翹、目睭吊吊，毋但雙手插胳閣咧共人睨。喔！彼是翁相先的咧共逐家弄予笑，逐家攏誠配合，干焦這个查某囡仔刁工咧佮翁相先的作對頭。

較早的老大人總是重男輕女，阿母誠頇顢，第一胎、第二胎攏生查某囡，阿爸講查某囡乖巧閣伶俐。毋過，阿媽看著第二胎閣生查某的，隨激一个面腔閣誠歹聲嗽[1]講：「哪閣生查某的？」隔轉冬，第三胎的紅嬰仔生落來，哇！哇！哭兩聲，阿母煞綴紅嬰仔哭出聲，伊真正是生查某囡生甲驚。阿爸共第三查某囡的名號做蘭仔，阿媽誠受氣，伊講：號蘭仔就閣會有菊仔、梅仔、櫻仔……，定著會閣招小妹。

規欉好好果然無錯，阿母生第四胎又閣是

---

[1] 歹聲嗽：音 pháinn-siann-sàu，疾言厲色。形容人說話的口氣、態度不好。

生查某囝。這陣阿媽就喝講:「足矣足矣,查
某囝生到遮就足矣!」所以阿媽就共第四個號
做足仔。阿媽叫阿母愛緊去廟裡換花,後胎才
會生後生。阿母隨遵照阿媽的教示去廟裡拜註
生娘娘閣換花,向望後胎生後生。

講換花會生後生,真正是阿婆仔抹粉~無
彩工啦!因為阿母第五胎嘛是生查某囝。阿媽
講:「哪閣生查某囝仔疕!查某囝仔滿矣、滿
矣,請註生娘娘母通閣送查某囝仔來矣!」阿
媽就共第五個號做滿仔。紲落阿媽趄趄唸:
「哪會按呢?啊,著啦!干焦換花無換肚,註
生娘娘嘛毋知查埔囝仔欲送去佗一戶?」

外媽緊去買一个豬肚,燉好倒入去茶鈷,
茶鈷喙用紅線綁二粒龍眼了後,才閣囥入去謝
籃。外媽叫阮阿舅掩掩揜揜[2]捾去囥佇阿母的

---

[2] 掩掩揜揜:音 ng-ng-iap-iap,遮遮掩掩、偷偷摸摸。

房間，阿母就坐佇門床頭偷偷仔食豬肚，向望後胎會生查埔。

阿母又閣欲生囉！阿媽歡頭喜面來到阮兜，時辰一下到，紅嬰仔大聲吼，阿媽歡喜甲講：「丹田誠有力，這擺定著是生查埔。」阿媽倚近一看，煞喘一下大氣講：「完矣、完矣，查某囡仔生到這就完矣！」阿媽就共第六個號做完仔。阿媽講：「祕方就食透透，閣變甲一百輦迴，掠準這擺是蠓仔入牛角穩觸觸，哪知一切又閣是白了工！」阿母頭仔頕頕毋敢講話，阿媽閣講：「是按怎生無半個後生，較生都查某囡？佛祖、媽祖、天公祖，請恁著慈悲，關公、土地公、三界公，請恁著保庇，保庇阮新婦後胎生後生。」欲轉去庄跤進前，阿媽講：「查某囡生一拖拉庫，飼大漢攏嘛別人的，後改恁家己共囡仔號名就好。」生到遮，阿母真正是欲哭無目屎、艱苦無人知。

翻過冬，阿母又閣生第七個查某囡囉！第

三个查某囝是秋天生的，曆後拄拄仔有一欉蘭花開甲誠嬌，阿爸就共嬰仔號做秋蘭。第七个嘛是秋天生的，嬰仔抱出來的時，阿爸看見兩隻鶯仔歇佇柳樹枝，鶯聲燕語咧唱歌詩，阿爸就共嬰仔號做秋鶯。後來阿媽講：「哎！號就好，若無我才想講若號做招治仔，凡勢明年會招一个小弟。」

誠濟親情朋友攏笑講阿母是查某肚，閣一年生一个，嘛有人講阿爸佮阿母做功德驚人娶無某。阿伯共阿爸佮阿母講：「七仙女下凡欲來人間迌迌，選恁翁仔某做人世間的爸母喔！」

過兩冬，阿母誠實生後生囉！阿媽見擺見著人就若放送頭咧，一直共人放送「阮新婦生後生矣！阮新婦生後生矣！」人共伊恭喜，伊就笑甲喙仔裂獅獅。看範勢阿媽是暢甲、爽甲比得著 100 萬閣較歡喜。啊若阮外媽母但感覺誠有面子，閣歡喜甲尾雕翹上天，伊倩人翁油飯閣煮麻油雞酒排佇路邊，排三工據在人食甲

歡喜。嬰仔滿一歲的時，外媽就買針車、奶母車、跤踏車佮足濟物件來做度晬。阿母實在誠厲害，萬項代誌攏家己來，會曉家己共囡仔剃頭、會曉家己共囡仔做衫，毋過較早伊攏是一針一針慢慢仔紩，自從有針車，阿母就會用針車，家己車衫仔予囡仔穿。

嘛因為生著查埔嬰，阿母才袂閣一直頭仔頕垂；嘛因為秋鶯招小弟，逐家攏較疼伊。所以阮兜就流行一句話「秋鶯秋鶯招小弟、秋鶯秋鶯食較有奶」。就因為逐家攏較疼伊，伊就嬌滴滴，拄著代誌逐家攏愛讓伊。

隔轉冬，阿母又閣生後生，逐家全款足歡喜。自從兩个小弟來阮兜報到，阿媽就常常來阮兜攬這兩个心肝仔寶貝孫。大漢小弟叫「韓啟東」，細漢小弟叫「韓啟豐」，愛滾笑的阿伯又共阿爸講：「恁兜出兩條蕃薯喔！」阿爸聽甲霧嗄嗄，阿伯才講：「『韓啟』兩字用華語唸是毋是蕃薯咧？」阿爸笑咧笑咧講：「啊！

是都著啊！向望這兩條蕃薯仔囝膨膨大，一世人毋驚風吹佮雨拍，有塗就會閣生湠。」

阿伯講甲對對對，兩个小弟去學校讀冊攏予人叫「蕃薯」的，毋但按呢，連四姊『韓足』嘛予人叫「蕃薯（tsû）」的，所以阮兜總啊共啊有三條蕃薯。第五个『韓滿』，自伊細漢的時，眾姊姊就叫伊「頇顢」的，去學校讀冊了後，同學嘛真正攏叫伊「頇顢」的，啊若第六的『韓完』，逐家攏叫伊「肉圓（uân）」的。

從細漢到今，我是跤手慢鈍閣袂曉做工課，啊若第六的小妹「肉圓」的，毋但氣力大、跤手猛，閣誠勢做工課，致使誠濟工課伊攏搶咧做。進前阮兜攏是阿爸踏三輪車，去杉仔行抔鋸屑烌轉來炉，鋸屑烌載轉來了後，才閣倒入去灶空舂予絚，煮飯、炒菜、炉滾水逐項攏會使。有一擺阿爸出車禍，「肉圓」的就家己一

个人踏三輪車，去抔二袋鋸屑烌轉來，伊揤祕
法，就共三輪車偃坦敧[3]，才閣寬寬仔共彼兩
袋鋸屑烌輦入去灶跤。彼个時陣，肉圓的才讀
國校仔五年的爾爾，遐爾細漢就會頂阿爸做大
人的工課，逐家攏嘛共伊呵咾甲會觸舌。

阮厝後有一坵蕃薯園，蕃薯大到 tsāi 收成
的時，阮這陣囡仔就會加薦仔捾咧，跟綴佇主
人後壁抾蕃薯仔囝。肉圓的是骨力兼顧家，看
講抾無蕃薯仔囝，轉去定著無夠一人食一條，
伊就趁田主無注意的時，偷提 3 條大條蕃薯緊
走轉來厝，對厝後共蕃薯擲入去厝內，牆仔邊
彼有一岫雞母雞仔囝，哪知遮爾仔註死！拄拄
仔好予蕃薯揅[4]死。阿母誠受氣講：「偷拈偷
捻一世人缺欠，你就是偷提人的蕃薯，天公伯

---

[3] 坦敧：音 thán-khi，物體的外貌呈歪斜的狀態。

[4] 揅：音 khian，投擲、扔。

仔母才會共咱兜的雞母雞仔囝收收去！」阿母攑筅仔欲摃肉圓的，伊走足緊的予阿母逐，阿母干逐嘛逐袂著，後來阿母越頭行轉來沿路唸：「我才看你外勢走，你就攏莫轉來，若轉來才摃予你去死。」肉圓的走去路裡等阿爸，共阿爸司奶才閣綴阿爸轉來。阿母講：「恁轉來矣喔！飯菜攏冷去矣，我緊來去焫⁵予燒通予恁食。」

　　阿母毋是袂記著彼項代誌，其實伊是一个喙硬、心肝軟閣誠惜囝的人。因為囡仔濟，經濟無好，所致教囝佇外口莫逐項佮人比並⁶，嘛教阮做人做事愛較吞忍、較讓人咧。伊定定共囝講的話就是：「袂使去佮人冤家相拍，予人拍袂減一塊肉。予人偏會食、會睏、共人偏

------

⁵ 焫：音 thīng，食物涼了之後再次加熱。

⁶ 比並：音 pí-phīng，比較。

袂食、袂睏，圓人會扁、扁人會圓[7]」。

會記著細漢的時，阮有一領足媠的洋裝，彼領洋裝是天主教美援的，阮足愛穿定定穿出去展寶，雖罔穿甲破一大空矣，阮嘛是毋甘擲扰捒，後來阿母共洋裝補補紩紩咧，阮就閣穿出去耍。厝邊的囡仔攏笑阮穿補過的衫，閣笑阮是乞食囡仔，當當逐家圍倚來拍阮的時，阮袂堪得氣就出手共一个囡仔捒倒，看人咧哭，阮驚甲緊走轉來厝裡覕起來。無偌久，人就揣到厝裡來投矣，阿母無分三兩，毋管阮按怎解釋，伊嘛是拍阮予人看，阮若啞口仔踜死囡有口難言，干焦跍佇壁跤邊一直吼。等人轉去了後，阿母共阮扶起來抹藥仔，閣目箍紅、喉管滇講：「足疼的是無？惜惜，阿母毋甘、阿母毋甘！」

---

[7] 圓人會扁，扁人會圓：音 Înn--lâng ē pínn, pínn--lâng ē înn，比喻人的機運是有起有落的。

　　天主教招人去教會迌迌，嘛教人唱歌抑是教人講英語，上好空的就是會送人足濟物件。彼陣，逐家攏嘛足愛去天主教的，囡仔猶會唸講：「天主教賜你食、賜你穿、賜你欠錢毋免還」。天主教閣會叫人提戶口簿仔去領麵粉，阿母的手誠巧，逐項好食物伊攏會曉做，包仔、饅頭、鹹粿、甜粿、芋粿曲、粿仔湯、鼎邊趖…彼个時陣，予阮這陣囡仔是食飽閣食巧。麵粉攏煮了矣，阿母閣會用針車共麵粉袋仔車車咧，做短褲摠仔予兩个小弟穿，看兩个小弟的尻川頓攏是寫「中美合作」。

　　阮兜的囡仔濟甲若一摃肉粽咧，阿爸逐工天拄拍殕光就拚到暗眠摸才入門，入門的時規身軀臭汗酸，四姊足仔講阿爸臭摸摸，阿母講彼是錢的芳味。阿母上驚曆內米甕仔弄鏡，所以工課骨力做閣儉腸凹肚，就按呢愈來愈荏身

[8]。阿母講：「生一个囡仔落九枝花，母身若荏，囡仔身體就袂勇。」真正有影，阮兜的囡仔身體攏無界好，尤其是四姊，伊細漢的時，阿母三不五時就燖補予伊食，阿爸三工兩工就偝伊去揣醫生館，醫藥費攏是欠數的，等阿爸領月給的時才送去予先生。阿母飼土雞仔一水閣一水，大䆀在大部分攏是燖共四姊補身體；阿母嘛飼紅面鴨仔，冬至攏是燖鴨觳共阮逐家補。閣來就是年仔節仔拜拜的時，阮才會當閣食著雞肉抑是鴨肉。四姊有幾若改瘮呴夯起來險險仔無命，好佳哉有先生共伊救，阿母講：「人先生對咱遮爾好，若雞仔鴨仔大䆀在，咱定就愛送去共先生說謝。」

　　阿母是一个誠認命、誠傳統閣誠儑硬的台灣查某人，伊毋但無閒阮一家口仔，嘛去共戲園的頭家娘煮飯，閣引幾若口灶的衫轉來厝裡

---

[8] 荏身：音 lám-sin，身體虛弱。

洗。阿母用一个比厝裡洗身驅閣較大跤的跤桶
貯水流水，跤桶邊仔园一塊洗衫板，洗衫板倚
伊這爿架較懸，伊坐佇一條細條椅頭仔頂，沿
頭戽水沿頭洗衫。阮定定看伊牙齒根咬咧，出
力一直洗、一直搝，一領過一領、一遍過一遍，
洗衫洗甲手粗粗胮胮又結趼，冬天時仔閣必巡
流血流滴，阮毋甘阿母忍受這種疼。有一擺阮
趁阿母無注意的時偷偷仔鬥洗衫，煞予阿母看
見，伊毋甘予我洗就講我洗袂清氣，閣叫我冊
較認真讀咧，後每攑筆較輕可，才袂像伊按呢，
就愛做遮爾勞苦、遮爾粗重的工課。

　　當當阿母共阮遮的囡仔晟養大漢的時，伊
的身體嘛拍歹去矣，病魔一直共伊折磨，予阮
看得誠毋甘，定定偷偷仔流目屎。毋過，阿母
誠勇敢講伊袂認輸，伊欲佮病魔拚一下仔輸贏，
「拚會過繼續活，拚袂過死就煞，先死先好命
啦！」

　　阿母去做仙矣，阮一直吼一直哭一直唸：

「阿母，阮就猶未共你有孝咧，你哪會使共阮放咧做你走？」阿爸是艱苦甲袂食袂睏，規工瘖篤篤攏毋講話。阿姨一直共阮講：「恁逐家就愛放下，恁阿母毋免閣再受折磨，伊的業障已經煞，伊欲去天頂好命矣！」

阿姨叫四姊足仔過去，紲落就牽阿母的手，共足仔對頭到跤挼挼[9]、比比咧，喙裡閣唸講：「姊仔，你欲去做仙矣，你就順紲共恁查某囝足仔的病疼，擔擔去卸落江洋大海hânn！」

逐擺看著魚頭魚尾佮雞頭雞跤，攏會予阮想起著阿母，嘛予阮感覺家己實在誠不孝…。阿母生阮遮爾濟囝仔，月內上捷食的是麻油煎卵、麻油煮肉皮、麻油煮魚頭魚尾、麻油煮雞頭雞跤。阮叫是阿母上愛食魚頭魚尾佮雞頭雞跤咧，見擺若食飯，阮攏會留魚頭魚尾抑是雞

---

[9] 挼：音 luáh，梳、撫。

頭雞跤予阿母食。有一擺，厝裡干焦賰阿母、
阿爸佮我，暗頓阿母煎一尾魚仔閣煮一鼎我上
愛食的竹筍仔湯，我是筍仔湯搩[10]甲飽，就無
閣食魚仔。後來阿母食飯的時伊先吮魚頭，了
後共魚身的刺一枝一枝勻勻仔揀起來，才閣沓
沓仔食魚仔肉，阮看伊是食甲誠歡喜。彼陣，
阮才知影原來阿母是疼囝，好份的攏毋甘家己
食，阮煞顛倒反，好份的家己食了了，歹份的
才留予阿母食。現此時想起來，阮感覺阮實在
誠不孝。

　　一幕一幕的過去，一直浮出來佇眼前，阿
母的艱苦、勞碌佮疼囝的種種代誌，阮永遠都
會記得；阿母的形影，永遠都刻佇阮的心中。
阿母，若有後世人，後世人換你做我的囝，阮
會好好仔共你疼。阿母！

---

[10]　搩：音 kiat，吃掉、快速吞嚥。

毋甘

假使講人生像舞台,我希望家己是一个笑詼劇的丑仔,毋但會當共快樂帶予別人,嘛會當共歡喜园佇心內;假使講人生是一本冊,我希望家己是一本內容精彩的故事冊,逐家看了會想欲閣看;假使講人生是真珠、瑪瑙、璇石貫[1]起來的袚鍊[2],遐爾仔光、遐爾仔顯[3],為啥物我的人生敢若幾粒仔暗淡的星,佇遐爍咧、爍咧,閣有淡薄仔孤

---

[1] 貫:音 kǹg,穿、鑽、串。

[2] 袚鍊:音 phuah-liān,項鍊。

[3] 顯:音 hiánn,閃一下、閃爍。

單？

阮兜的囡仔真濟，阿爸干焦是一个小小的公務人員，逐個月的月俸無夠遐爾仔濟口人通食。阿爸下班了，就去巷仔口排擔仔——削甘蔗、破西瓜，加減仔趁錢，阿母嘛佇厝跤邊飼雞、飼鴨佮飼豬，阿姊透早就去市場，抾菜葉仔轉來予雞仔、鴨仔食，雖罔阮規家伙仔人攏誠無閒，毋過，阮攏嘛過甲誠快活。

阮兜出去彼條路，就是嘉義上蓋有名的林森路，有一个杉仔行的頭家來阮兜行幾若擺，伊共阮爸母講：「恁兜囡仔傷濟，阿梅仔誠有我的緣，若予我做囝，我會好好仔共伊栽培，後日仔定著會有出脫，恁兩个序大人嘛毋免做甲遐爾仔忝！」阮老爸共伊應講：「囡仔欲來綴我食穿，我若有一喙水通啉，囡仔上無都有一碗番薯簽湯通啉，雖罔無大魚大肉通食，毋過，絕對袂去予枵著、寒著，毋管我的囡仔有偌濟，我攏袂共囡仔分予別人做囝啦！」

　　阮細漢的時，阿爸為著阮這陣囝仔，逐工做工課做甲活欲忝死，毋過，伊上大的娛樂就是聽 la-lī-óo、看布袋戲，彼陣我誠愛讀冊，所以阿爸上疼我。伊攏會𤆬阮去看布袋戲，史艷文、藏鏡人……遮的人，予阮囝仔時陣的日子過甲誠心適。逐暗規家伙仔人攏去睏矣，阿爸就提 la-lī-óo 去柴間仔聽。這陣，我會過去共阿爸司奶[4]閣佮阿爸做伙聽 la-lī-óo，劉備三請孔明、孫臏鬥龐涓……攏是阿爸上愛聽的戲齣。

　　阮大漢的時，踏入社會食頭路囉！有一个落雨天，有一个慢雨慢的菁仔欉，青碰白碰走入來辦公室，阮誠受氣共伊講：「毋管你有啥物代誌，先出去共雨慢褪落來才閣講。」後來，這个人定定來阮公司，伊生做懸懸仔閣小可仔大箍，毋但誠愛講笑，有當時仔嘛會挈物仔來

　　　　　　　　　　　　　　　　　

[4] 司奶：sai-nai，撒嬌。

予阮食。有一擺歇睏日，伊炁阮去山頂迌迌，閣紮阮上愛食的葡萄，伊母但共葡萄洗甲誠清氣，閣共葡萄拭甲誠焦才予阮食，實在足感心的。到山頂的時，伊沿路行沿路呼噓仔[5]，阮沿路行沿路抾楓仔葉，規路有講有笑，予阮規工攏誠快樂。

　　阿爸、阿母知影阮佮伊來往，四界去探聽了後共我講：「你自細漢就手不動三寶、手無縛雞之力，彼个查埔人個兜咧作穡，你若嫁過去就愛作穡，揀人的飯碗揀袂起。」阮共阿母的話當作馬耳東風，阿爸、阿母毋甘我後日仔食苦，就按呢阿爸去學校共阮辦休學、阿母去公司共阮辦辭職。阮規工攏袂使出門，就敢若去關佇籠仔裡的鳥仔仝款。

　　有一工，有一个較早的同學來揣我，阮出

---

[5] 呼噓仔：音 khoo-si-á，吹口哨。

去一下看，才知影是彼个查埔人騎機車去五十
里外載伊來阮兜揣我出去。爸母知影這件代誌
了，氣甲呸呸掣，講我哪會遐爾仔無受教？對
細漢攏毋捌共阮拍過的阿爸，出手大力共阮搧
喙顊，阮毋但喙顊誠疼，連心嘛誠怨感，為啥
物我踏入感情線的第一步就遮爾仔苦。

　　阿爸、阿母攏睏甲誠落眠，阮清彩提幾領
衫仔，對後壁窗仔爬出去，跳落來拄好是鐵枝
路，好佳哉！無去予人看著。想講無人看見誠
安心，毋過，毋知按怎？這陣，阮鼻頭一下酸、
目箍一下紅，目屎煞敢若雨水，一直流落來。

　　阮佮彼个查埔人去法院公證結婚，想講暝
日攏會使佮伊做伙囉！照講，阮應該誠歡喜，
毋過，因為無親情朋友的祝福，予阮感覺誠孤
單、誠心酸嘛誠稀微。伊毋甘看阮心情遐爾穤
就定定㧒阮去四界迌迌，做一个誠體貼的好翁
婿。

　　人講：「生米煮成飯」，閣有阿姊的講情佮

走傱，厝裡的人攏原諒我囉！序大人毋甘我佇外口流浪，彼冬的五日節，阿母叫阿姊來焦我轉去，我轉去共阿母鬥縛肉粽，阿母頭犁犁咧洗粽葉仔的時，我看著阿母規粒頭殼頂攏是白頭毛、規个喉頓攏是皺紋，身體看起來嘛誠虛。阮毋甘阿母為著我的代誌煩惱甲變遮老。毋過「水潑落地難收回」，怪當初家己傷衝碰，才會予阿母傷心、煩惱。

囡仔出世囉！毋過誠歹育飼，月內半暝仔攏毋睏，阮就愛共伊抱佇手裡搖，滿月了後，阮規身軀攏齊瘦疼，問阿母才知影阮細漢嘛是按呢。人講：「手抱孩兒才知爸母時。」這陣，阮心頭、鼻頭齊酸起來，阿母，阮真不孝，細漢共你凌遲，大漢閣惹你受氣。

有一冬的冬天，阿母過往矣！阮誠毋甘阿爸一直瘦落去，就定定載後生轉去看阿爸，後來，阿爸嘛定定來阮兜載孫仔去看火車，看著阿爸面上的笑容，阮才淡薄仔安心。

阿爸幾若工無來載孫囉！阮買阿爸上愛
食的柿餅轉去看伊，才知阿爸感冒甲誠重，看
伊講話誠無氣力，看起來嘛閣較瘦矣！阮越頭
偷偷仔拭目屎，煞去予阿爸看著，伊講:「我
猶誠勇健咧，莫煩惱啦！」阿爸就是遮爾仔毋
甘阮輾[6]目屎閣遮爾仔疼惜阮的人。

阿爸的病誠實好起來矣，伊講伊三十幾冬
無去阿里山囉！若有機會足想欲閣去看這馬
的阿里山佮較早有啥物無全。阮兄弟姊妹參詳
了，拍算欲炁阿爸去阿里山迌迌，逐家歡歡喜
喜攢甲誠齊備。欲出發的進前一工氣溫煞降低，
阮驚阿里山傷寒阿爸會擋袂牢，就按呢毋敢炁
阿爸去阿里山。阿爸喙裡無講啥物，毋過，幾
若工攏毋講話，阮想:彼當時阿爸定著誠失望
的。

---

[6] 輾:音 liàn:滾動。

　　無偌久，接著電話講阿爸跋倒囉！阮趕緊趕轉去厝，阮扶阿爸坐椅仔，看伊坐袂好勢，身軀一直溜落去；阮斟冷滾水予阿爸啉，看伊啉袂好勢，滾水一直滴落來。我的翁婿即時趕到位，阮做伙共阿爸扶上救護車，路裡，阿爸一直欲共氧氣管 pué 落來。阮知影阿爸是毋甘拖累人，毋過，阮嘛毋甘予伊受苦，阮定著欲救阿爸。

　　阮一下下班就去病院陪阿爸，阿爸袂當講話，毋過，我會講較早 la-lī-óo 播過的廣播劇，抑是阿爸焉我抾露螺的代誌予阿爸聽，看阿爸的眼神，阮知影阿爸定著聽有，阿爸誠出力喙角才小可仔振動一下，敢若有足濟話欲共我講，毋過煞講袂出來，阿爸遮爾仔艱苦，予阮看著足毋甘。阿爸佇病院踮半個月就放阮做伊去囉！毋管阮按怎哭，上蓋疼阮的阿爸永遠袂轉來矣！

　　想著阿爸，越頭看著身邊的人，這陣，阮

才發現阮的翁婿一直瘦落去，阮若叫伊去檢查身體，伊攏講：「我身體誠勇咧，無代誌啦！」啊無就講：「生癌 ooh！好空的代誌袂輪著我啦！」等到有一工，阮押伊去做檢查，一切攏傷慢囉！伊誠實是生癌矣。

伊的病情愈來愈嚴重，連食物件嘛誠無方便。有一 mái，我絞蓮霧汁予伊啉，果汁一下落喉，伊哀一聲隨共果汁呸出來，閣共果汁潑過來，挂挂仔好潑著我。我的心誠疼，目屎隨輾落來，阮心疼的毋是果汁潑著我，阮心疼的是伊病疼的空喉愈來愈大空矣！我緊走入去灶跤共目屎拭拭咧才閣出來。阮看伊的眼神，敢若是做毋著代誌的囡仔，予阮看著誠毋甘，我講：「歹勢啦！是蓮霧傷酸、傷利共你的空喉跂[7]著，足疼的 hōnn！後 mái 我會較細膩咧。」

---

[7] 跂：音 sīnn，形容傷口或眼睛部位受到鹽或藥物刺激的刺痛感。

講煞，我看伊和我仝款，目屎掛目墘。

伊躊院 looh！有一 mái 寒天的暗暝，冷風冷吱吱，伊叫我揀伊去病院外口行行咧，看著有人手裡挈衝煙的甜不辣對 seven 行出來。伊講：「甜不辣敢若足好食的，閣咧衝煙，食落定著袂寒矣。」我講：「今你袂使食，等你的病若好咱才買來食。」伊隨講：「毋是啦！你揀我來去，我買一支予你食，好無？」我的目箍隨紅起來，阮驚伊知影，緊共目屎吞落腹肚內。為著欲予伊歡喜，阮喉裡食甜不辣，心內煞愈毋甘伊的病疼，嘛愈毋甘，伊到這陣仔猶遐爾仔疼惜我。

阮焄伊對南到北、對國內到國外，對中醫看到西醫閣看到密醫，四界走傱，有目屎哭到無目屎，終歸尾嘛無法度挽牢伊的性命。三个佮阮上親，上疼惜阮的人，攏離開阮 looh！

下暗時仔，四界靜靜靜，阮愛掀較早的舊相片，想著過去，有苦、有酸嘛有甜。阮閣較

希望佇夢中佮個來相見，阮嘛欲共個講：「恁
這馬好無？阮會好好仔過日子，阮會好好仔疼
惜阮家己。」

1. 爸囝情

行人生的路

　　相連紲來幾若个風颱，像萬億枝箭射過海岸，閣射來到大街小巷。花草、樹枝倒甲規路邊；看板、電火柱橫佇路中央。厝邊的雞母雞仔囝嘛翼仔落落跔佇壁角，實在有夠齷齪的！

　　風親像咧吹狗螺、雨親像咧拍窗仔架，我半暝仔就去予風雨叫起床，今仔日是阿爸回診的日子，雖罔天猶未拍殕光，毋過我嘛愛冗早出門，欲轉去故鄉載阿爸來台北看病。到嘉義的時，逐家攏睏甲誠落眠，看阿爸眵神眵神坐佇眠床頭，我開喙叫一聲「爸仔」，阿爸規个

人隨精神--起來。我先開一罐『高蛋白』予阿
爸啉，紲落共伊洗喙，後來閣誠細膩共伊的空
喙消毒、抹藥仔。

　　車那駛，雨那落那大，車前的玻璃霧嘎嘎，
雨捽仔捽過來、捽過去。阿爸幾若擺想欲開喙
講話，攏閣吞--落去，我講：「爸仔，敢是有啥
代誌？抑是予我來臆看你欲講啥？」阿爸講：
「好哩佳哉有你，若無，我才無愛麻煩人！」
「爸仔，講啥麻煩啦！我佇軍中，是你救我的
命。你失蹤以前嘛上疼我喔！」阿爸輕輕仔應
一聲：「--諾[1]！你猶會記得阿爸上疼你？」「是
啊！爸仔。」阿爸的面有淡薄仔笑容，毋過，
無一下仔，目屎煞輾--落來。

　　＊　＊　＊　＊　＊　＊

　　阿爸的目屎叫醒我的記持，會記得自我國

---

[1] 諾：音 hioh，感嘆詞。表示領悟的語氣詞。

小三年以後就誠罕得看著伊矣。阿妹仔若吵欲
揣阿爸，阿母就講伊五路去趁錢，我若吵欲揣
阿爸，阿媽就講伊四界去飄撇，我毋敢閣再問，
因為逐擺若問著阿爸的代誌，阿母就傷心甲食
袂落飯、阿媽就受氣甲血壓衝懸。

　　我上愛寒--人，厝埕彼叢樹仔若開始落葉
仔的時，我常在徛咧樹仔跤遐，看葉仔予風吹
去遠遠。阮捌共阿媽講：「我欲共對阿爸的思
念寫佇樹葉仔，叫葉仔飛去講予阿爸聽，講阮
咧想伊。」阿媽隨應講：「莫佇遐咧講 manga²，
睏罔睏莫眠夢啦！」阿母就教我佇樹仔椏綁黃
絲帶，講按呢咱思念的人就會緊轉--來。啊都
綁幾若條矣，哪攏無消息？只好望過年 kuán³
到。想講以前過年的時，阿爸攏會買足濟囡仔

----

² manga：bang51 ga11。動畫片、卡通、漫畫。

³ kuán：趕緊的合音。

物轉--來，我和阿妹仔就足歡喜。

* * * * * *

讀國小三年彼冬阿母閣生一个細漢小妹。
紅嬰仔拄出世，半暝仔毋睏閣嘛嘛吼，阿媽佮
阿叔攏足受氣。阿媽罵阿母，毋共嬰仔騙予睏；
阿叔罵阿母，毋共嬰仔惜予恬。規暝毋管阿母
按怎騙、按怎惜，嬰仔就是一直吼。阿叔骨架
粗大無打緊閣兇霸霸，有一工天未光、雞未啼，
我看阿叔雄雄走入來阮的房間，目睭睨惡惡[4]、
喙謷姦撟[5]閣手拎拳頭母，出力對阿母的頭殼
中心舂--落去，我看著阿母倒摔向閣吐足濟血，
我欲扶阿母起來，阿母閣跋一下煞躄[6]落去，
規个人就按呢死死昏昏去。我呶呶喌一直喝

---

[4] 睨惡惡：音 gîn-ònn-ònn，眼睛露出兇光瞪著看。

[5] 謷姦撟：音 tshoh-kàn-kiāu，以髒話罵人。

[6] 躄：音 phih，臉朝下仆倒。

「阿叔，莫啦！救命喔！」阿叔真嚣俳[7]，目睭展大大蕊共我 tshînn[8]，後--來，阿母就予人送去病院囉！

阿母出院無幾工，阿爸轉--來矣！是阿媽叫人通知阿爸轉來簽離緣書。阿母一直哭、一直姑情，阿爸嘪講：「哭啥潲？恁爸猶未死咧啦！」阿媽詈講：「鉸刀爿、鐵掃帚，緊簽啦！」阿爸離緣書簽煞又閣飛出去囉！彼工阿母袂食、袂睏，規日毋是攬我，無就是抱阿妹仔，十叮嚀八吩咐就愛乖、愛聽話、愛勇敢才會得人疼。彼暗，嬰仔袂輸知影家己做毋著代誌，規暝恬唭唭攏毋敢吼。

天光我揣無阿母，才知影阿母炁嬰仔轉去

---

[7] 嚣俳：音 hiau-pai，嚣張。形容人的行為舉止放肆傲慢。

[8] tshînn，用力睜大眼睛瞪。

蹛佇外媽兜，我和阿妹仔哭欲揣阿母。阿媽講：
「恁兄妹仔有阿媽惜，阿媽會共恁晟養大漢，
免煩惱！勇仔你是大囝大孫，今都讀到國校仔
三年矣，就愛有擔當、有責任，îng[9]宿題寫了
就冗早去睏，明仔早仔五點以前綴阿媽來去市
仔鬥出擔。」「阿媽，我敢會曉？」「阿媽
教你，你就會曉！」食暗頓的時，我和阿妹仔
攏食袂落飯，攏咧想阿母。阿媽喝講：「猶閣
毋 kuán 食食咧通去寫字？明仔早仔四點半就
欲共你叫起床囉！」飯緊扒扒咧、目屎緊拭拭
咧，我無時間通想阿母，先共阿妹仔款予好勢
閣共宿題寫了，早早就去倒佇眠床頂矣！

　　規暝反來反去，目睭若瞌--起來，攏是阿
母的形影，宛然無啥睏著，就去予阿媽叫--起
來矣，清采洗洗食食咧，就緊和阿媽去菜市
仔。

---

[9] îng：下昏的合音，晚上。

　　市仔內逐家無閒 tshih-tshih，毋佫久，賣
豬肉的阿伯仔捾豬肉佮豬血來囉！阿媽共豬
肉洗清氣，閣來一刀切對橛[10]，才閣共肉切做
成寸闊，一條一條的肉條仔，园落一寡鹽、糖、
豆油佮胡椒粉，共肉豉咧聽候咧欲做肉羹。阿
媽教我共豬血切一角一角园入去燒水內底，講
浸 5 分鐘豬血就會飯[11]。阿媽炒的米粉炒、牽
的肉羹佮綜合豬血湯是市仔內逐家上愛食的
招牌呢！七點半我冊包仔緊揹咧，沿路行沿路
走趕緊去學校。

　　阿母轉來看我佮阿妹仔，買細台火車、
oningyoo[12]欲予阮兄妹仔耍，阿媽氣甲，共物
件擲擲--出去，講：「我下足濟苦心，共這兩个

----

[10] 橛：音 kueh，用來計算橫截後物品的段數。

[11] 飯：音 khiū，形容食物柔軟而有彈性、韌性。

[12] oningyoo：oo33 lin55 gioo51。洋娃娃。

囡仔教甲誠乖矣，妳是欲轉來共個焉歹是毋？
共我死出去，以後不准你這个查某踏入阮陳家
一跤步！」

我佮阿妹仔逐工佇簾簷跤聽候，攏候無阿
母轉來，阿妹仔一直吵欲揣阿母。隔壁阿春姨
仔看甲誠毋甘，共我托透[13]講：「恁老母捌閣轉
來，伊覕佇樹仔後遐予恁阿媽看著，就 hőng[14]
厚走矣！」我去問阿媽，阿媽罵我不受教，見
若阿媽受氣血壓就會衝懸，我 tsuán[15]毋敢閣再
提起。

我若是『哈利波特』，就會當坐掃帚飛去
揣阿母；我若有『時光項鍊』，就會當轉去有
阿母惜的時陣。我愈來愈無愛講話嘛愈來愈無

---

[13] 托透：音 thok-thàu，把祕密透露給人知。

[14] hőng：予人的合音。

[15] tsuán：就按呢的合音。

朋友，佇班上若孤鳥咧。有一工同學對我罵講：
「孤兒、孤兒」，我應講：「我有阿爸、阿母佮
阿媽，我毋是孤兒。」毋過同學猶是一直罵我
孤兒、孤兒------。袂堪得氣我 tsuán 共同學揀
一下，就有人共我揍一拳，我嘛隨回手共伊揍
--過去。老師、家長攏講我先出手毋著，愛共
人會失禮、坐毋着。我想欲解釋，毋過無人欲
插我，我有話無地講、有委屈無地敨，今仔日
若有阿爸、阿母佇身軀邊，就袂 hőng 欺侮囉！
想到遮，我干焦會使覕佇便所哭，暗時仔閣覕
佇棉襀被底哭，哭甲枕頭攏澹--去，哭甲 tsuán
睏去。

有一工放學的時，我拄行出校門，阿母就
走來共我攬咧，我嘛共阿母攬牢牢無愛放，足
驚阿母閣走去覕。我目箍紅、喉管滇足想欲吼
咧！閣想著進前阿母叫我愛勇敢，我毋敢予阿
母煩惱 tsuán 共欲流--落來的目屎吞落下。雄
雄落雨矣！阿母緊對皮包仔提出一枝小雨傘，
雨傘展開攏遮佇我的頭殼頂，阿母家己規身軀

予雨淋甲澹糊糊。我叫阿母家己遮雨，我是查埔囝仔淋雨無要緊，阿母講：「我會堪得啦！你囝仔人較無抵抗力，若淋雨感著就毋好。」阿母共我保護甲規身軀和冊包仔攏焦涸涸，伊家己煞規身軀澹漉漉。阿母仔喂！你是毋驚淋雨抑是毋甘予阮淋雨咧？

　阿母共我講：「逐个禮拜日早起 10 點，你愛炰阿妹仔來公園佮阿母見面，這是咱母仔囝 3 人的祕密，袂使 hőng 知影喔！」我佮阿妹仔攏足歡喜，阿妹仔閣一直扭尻川花，tsuán 我逐日攏咧等禮拜日 kuán 到。逐擺禮拜日，我早早就緊佮阿媽去出擔，才閣緊轉來炰阿妹仔去公園揣阿母。起風矣、天氣轉冷矣，有一日阿母提 2 領羊毛裤仔[16]來，彼是阿母一針一針家己手工織的。穿咧就敢若阿母共阮攬咧，溫暖一陣一陣鑽週規身軀，予阮規个人攏袂寒

---

[16] 裤仔：音 kah-á，背心。無袖無領的上衣。

矣。

時間走若飛，國中 3 年捽一下就 kué[17]，我無愛閣予阿姑講話，嘛毋敢閣增加阿媽的負擔，高中 tsuán 去讀建教學校。有一工我去揣頭路，老師敲電話共阮阿媽講我無去學校，阿媽掔一趒 kuán 通知阮老母轉來處理，阿母緊走去學校揣我的麻吉的，叫伊共我講：「毋管發生啥代誌，攏愛 kuán 敲電話予老母，若無，從今以後勇仔就揣無老母囉！」

彼暗，我緊敲電話予阿母，講：「阿叔佮阿姑攏叫我米蟲，我欲來去趁錢還個。」阿母透暝坐火車落來共阿媽講：「我欲恁勇仔來去栽培，後日仔若有出脫，伊仝款是恁陳家的囝孫。」

我到台北才知影老母咧共人煮飯閣咧做

---

[17] kué：過去的合音。

小生理，逐工拚甲活欲忝死總趁無幾箍銀。
Tng-tang 我考牢第一志願的高中佮五專的時，
就選擇國立機械科的五專，我誠認真讀冊嘛誠
拍拚咧學機械的技術，閣對電腦誠有興趣。我
常在出去參加比賽，毋管是個人抑是團體的冠
軍，獎牌囤甲規大堆。

有一日下暗我足晏才轉來到厝，阿母誠緊
張共我問講：「最近你哪攏遮晏轉來？阿明仔
已經拚拚去矣，你是毋通學伊行歹路呢！」我
應講：「阿母仔！我欲學習的物件有夠濟，我
無彼冗剩錢佮冗剩時間，嘛袂和阿明仔仝款，
請你放心！我若毋是去學長遐學電腦，就是去
香港啉茶樓共人捀菜趁錢。」阿母驚一趒講：
「趁錢是我的代誌，你拍拚讀冊就好啦！」
「我家己會撙節，毋但欲共冊讀予好，閣欲趁
錢減輕阿母的負擔。阿母你莫煩惱啦！」

阿母講我真正足捌代誌的，因為『電動玩
具』當咧流行，伊足驚我綴人去迷著，若按呢

就賣碗盤仔捽倒擔囉！啊若講著阿爸，我來到台北嘛毋捌看過，伊敢若斷線的風吹毋知飛去tuē[18]？從細漢我就看阿母一个錢拍 24 个結，除了油、鹽、醬、醋，遐的一定愛買的以外，逐項都儉腸凹肚，我誠毋甘阿母這馬閣過甲遐爾仔艱苦，早就下願兼覺悟，後日仔欲有孝阿母閣欲予伊為我感覺驕傲。

　　我生做瘦瘦矮矮仔閣誠荏身，兵單出來的時阿母操煩攣腹講：「你這个囡仔敢會堪得操？」我抽鬮仔轉來共阿母講我愛去做憲兵。「啥？158 公分懸、48 公斤重，按怎做憲兵？敢會看毋著？是毋是共 158 看做 185？」「哪知？」「若是佇總統府遐徛衛兵，定著會 hőng 當作是囡仔人佇遐咧變猴弄。」「無法度！我有共個講我傷細漢，個就講做兵是老百姓應盡的義務，袂使逃避。」

---

[18] tuē：佗位的合音。

　　我去做兵矣，阿母佇厝逐工就求神拜佛，想講攏是家己無共囝仔顧予好，大漢母才會瘦卑巴閣矮 pih puh 仔，今去做憲兵，定著會 hőng 操甲欲死欲活！所致阿母隔工就來看我一擺閣攢一罐雞精來予我啉，過一暫仔看我較生肉才停--落來。半個月後阿母閣來營中，看著我講：「你哪攏無精神閣戇神戇神？敢是發生啥物代誌？」班長講：「陳阿勇規工攏瘹篤篤、軟餒餒。」排長講：「這个屁窒仔假鬼假怪，根本就無病，規工干焦假愛睏、假艱苦，想講按呢就毋免出操，若閣假落去就愛 kãi[19] 掠來關禁閉矣！」阿母聽甲真慌疑、真驚惶閣心肝痛搯搯講：「阮阿勇仔毋是彼款人，拜託恁毋通共伊關。拜託、拜託啦！」

　　我規工攏無氣力，毋是倒佇眠床頂就是規个人頭殼愣愣，親像毋捌半人、敢若有體無魂。

---

[19] kãi：共伊的合音。

阿母講我若毋是去煞著就是破病，欲炁我轉去醫病，毋過軍中的人攏講：「陳阿勇無病，是貧惰骨、懶屍假破病。」所以毋允准。

阿母急甲生狂火著，伊驚若慢一步，檢采[20]我一條命就會休去。阿母為我的代誌四界走傱，不而過，攏揣無有夠力的人通鬥跤手，後來想講鴨母喙罔撓，無揣我的老爸罔參詳看覓咧，好穩嘛是家己的囝，看伊有法度通炁囝出來醫病無？

講嘛怪奇，三工後就有好消息囉！我的阿媽、老爸、老母做伙來到營區，營長、連長、排長、班長攏誠好禮招待個，閣一直共個會失禮，講：「陳阿勇誠實破病閣病甲誠嚴重，愛緊炁轉去照顧閣醫病喔！」。事後阮老爸講：「做代誌的鋩鋩角角，恁外行人是無才調看著

---

[20] 檢采：音 kiám-tshái，萬一、說不定。

其中的奧妙啦！」

＊＊＊＊＊＊

　　車駛來到林口長庚病院，我共阿爸扶落車，先揣一个擙貼的所在予阿爸歇睏。後來，閣對皮包仔內提酒精、棉仔枝、藥水佮藥膏出來，共阿爸喙內的空喙消毒毒咧、清洗洗咧，紲落開一罐『高蛋白』予阿爸啉，我共阿爸講：「爸仔慢慢仔啉，空喙才袂跂著喔！」阿爸啉煞，我閣做一擺清洗、消毒的工課，才焄阿爸去診療室予醫生看。

　　車駛上高速公路欲轉去嘉義，阿爸講：「勇仔，你會怨嘆阿爸過去共恁放咧無？」「爸仔，較早我誠實足怨感，怨爸仔你心肝誠雄。毋過做兵的時若無爸仔你救我，就無今仔日的我囉！」「好佳哉！你誠會曉想，是講你事業做遐爾仔大、工人倩遐爾仔濟，清彩叫一个人來載我去予醫生看就好，家己莫遐爾忝，逐擺攏按呢傱來傱去啦！」「爸仔，我袂忝，這是

我做人細序應該愛做的喔！」

　　車駛落高速公路，毋但風、雨攏停囉！虹
嘛探頭出來，斜斜、微微的日頭光照入車內，
阿爸的面予日花仔照甲足幸福喔！

2. 母囝情

我欲做好囝

　　大雨落甲 phik-phéh 叫，雷公霆甲 khinn-khenn 叫，阿蕊仔佇高速公路駛車，雖罔雨遐爾大，雖罔雷公爍爁[1]予伊誠驚惶，毋過，想著阿雄仔這个後生，伊就啥麼攏毋驚，一直勇敢向前行。

　　坐佇車內的阿雄仔看雨捽仔捽甲雄戒戒[2]，外口嘛是霧嘎嘎。伊想起過去、想著未來，希望這陣大雨會當共過去的種種洗予清氣，希望未來----希望未來莫予阿母操心。阿雄仔有幾若擺一直想欲看車窗仔外口，毋過一直看袂出去，毋知家己的未來佇佗位，敢會像車窗仔外

---

[1] 爍爁：音 sih-nah，閃電。

[2] 雄戒戒：hiông-kài-kài，比喻非常快速。

口遐爾霧？

　　想著昨下昏暗假釋轉來到厝，阿母看著伊轉--來歡喜甲目屎含目墘，閣一直講轉來就好、轉來就好！叫伊迒[3]過烘爐火了後，隨捀一碗豬跤麵線予伊食，紲落炁伊去公媽廳，先點三欉香共祖先稟報阿雄仔這个孫仔轉來矣，閣叫阿雄仔跪落來共祖先懺悔……，種種的動作，毋知已經做過幾擺囉！「希望這是上落尾的一擺」，阿雄仔佇心內共家己按呢講。

　　車駛落苗栗的交流道了後，一下仔就開始

---

[3] 迒：音 hānn，跨過、越過。

peh 山，後--來寬寬仔盤山，愈 peh 愈懸，這
陣，雨沓沓仔較細，來到山頂尾溜的時，雨拄
拄好停矣！母仔囝兩人坐車坐幾若點鐘，毋但
真忝頭，心肝內嘛亂操操。毋過落車的時，欶
一喙新鮮的空氣，跤仔手伸勻一下，煞看著目
睭前是一大片開闊、清幽的山坪，閣有青翠、
優美的景緻，兩人攏誠歡喜，原來遮就是『晨
曦會』。阿雄仔敢若看著拄浮--出來的日頭，嘛
看著希望、看著未來。

　　輔導老師笑頭笑面請個入去會客室坐，閣
倒茶請個啉。「老師拜託咧，阿雄仔後擺就望
老師共伊牽教囉！」「這請你放心免煩惱！」
李老師講解『晨曦會』的同學一工的活動，隨
後就恁個佇會內四界行行看看咧閣做導覽。

　　行來到橋頂的時，橋跤有鴨咪仔佇水裡自
由自在泅過來泅過去，阿雄仔跤步就按呢停落
來，誠細聲講一句「希望我後擺會當像鴨咪仔
遐爾仔逍遙快樂」，行做前的老師佮阿蕊仔越

頭過來，阿蕊仔講：「阿雄仔行較緊咧喔！」
阿雄仔出力共鞋仔底的細粒石頭仔倒倒、敲敲
出來，伊嘛希望共心中的心魔擲掉、清掉，按
呢頭前的路就會較順、較好行。

落南的尾幫車

　　落南的尾幫車拖著沉重的跤步，走甲怦怦喘，嘟嘟 tshit-tshiàng tshit-tshiàng，到站沓沓仔停落來囉！

　　阿明仔逐車逐甲大氣喘袂離，拄拄仔走來到月台邊，跤煞雄雄毋知去踢著啥麼物件，伊講：「拄咧佮火車搶時間，是啥物和阮做對頭，害阮險險仔跋倒！」頭向落去看，原來是踢著一粒尖尖的石頭仔，伊喙隨唸：「拜託你莫阻

擋阮的路 」，就佇咧仝時，目尾嘛無張持眼著
手中這跤舊皮箱。

＊ ＊ ＊ ＊ ＊

6 冬前拄仔好大學畢業，佇庄跤會當大學
畢業是衝呱呱的代誌。伊想講就讀到遐懸的學
歷矣，欲食頭路嘛袂使傷清彩，毋過就因為目
標掠傷懸，煞四界允無好頭路。佇厝裡死坐活
食[1]做米蟲，家己感覺誠見笑，後來聽人講新
竹有足濟科技的工廠，啥麼好空的攏佇彼，伊
就按呢想欲出外去拍拚。有一暗，伊家己一個
人揾著一跤舊皮箱，坐著上北的尾幫車去新竹，
離鄉背井出外去揣頭路。

就敢若水波痕一直渙[2]過來，阿明仔想著

---

[1] 死坐活食：音 sí-tsē-uáh-tsiáh，吃閒飯而不事生產。

[2] 渙：音 thuànn，蔓延、擴散。

伊彼日，著啦！全款捾著手中的這跤舊皮箱到
新竹揣頭路的。彼陣講起來嘛誠好運，應徵第
三間公司就予人錄取矣。經理講：「王志明你
畢業到今，攏總無做工課的經驗，這---原本是
無可能會共你錄取。猶毋過，阮看著你的笑容、
你的信心佮你的禮貌，遮的是這馬這个社會誠
濟人缺欠的，閣來你毋但英語勢講，上重要的
一點是你的台語講了誠紲拍[3]，所致你錄取矣，
明仔載就會使來上班囉！」阿明仔誠歡喜，嘛
想袂到伊會予人錄取，竟然和伊勢講台語有關
係，好哩佳哉有老母！自細漢到今，老母常在
佇耳空邊講東講西，彼時攏嫌老母雜唸，有時
閣會嫌老母無水準，嫌老母無法度像同窗的老
母水準遐爾懸，遐爾勢講華語。

　　去上班遐雖罔毋是大公司，毋過誠有人情
味，同事之間的日常用語攏是上親切的台語，

---

[3] 紲拍：音 suà-phah，這裡指台語說得很流利。

逐家就敢若一家伙仔仝款，鬥陣起來誠自然真
快樂。頂個月伊原本對一个計畫攏掠無頭摠[4]，
舞誠久舞袂好勢，後--來嘛是個經理鬥跤手，
才會當萬無一失安全過關。

＊＊＊＊＊＊

明仔載就過年矣，好佳哉阿明仔有坐著落
南的尾幫車，伊買一大包個老母上愛食的新竹
貢丸，欲轉去佮老母團圓過年囉！

---

[4] 掠無頭摠：音 liàh-bô-thâu-tsáng，不得要領、抓不到
　　頭緒。

3. 姊妹情

袂使放棄

突然間，雷公爍爁[1]kènn kènn 叫，一睏仔閣電話鈃鈃叫，害阮驚一趒。平常時仔阮就誠無膽，這款的暗暝是啥人敲電話來共阮嚇驚？阮心肝頭呠噗跳毋敢去接電話，電話煞愈鈃愈大聲，阮只好提出勇氣去接，彼頭傳來小妹的哭聲，伊講：「二姊著著肺癌矣！」啥？阮規

---

[1] 爍爁：音 sih-nah，閃電。

个人攏愣去矣！

隔轉工天拄拍殕光阮就緊起床,心情就敢
若鼎底的蚼蟻遐爾仔急,緊坐火車欲去台北看
二姊。火車開行了雨停矣、天也清矣,田園、
花草予雨水洗甲清氣啖啖[2],阮無心情欣賞車
窗仔外口的美景,干焦看著一支一支的電火柱
一直走對車後去,紲落一幕一幕的往事一直走
對目睭前來……。

＊＊＊＊＊＊

生做媠閣巧的二姊,做查某囡仔的時捌蹛
過餅店、百貨公司、農業試驗所、番仔火工廠,
甚至蹛過藥廠,嘛捌綴王祿仔仙去四界拍拳頭
賣膏藥。有一擺我去看伊,伊放送頭提咧喝講:
「來來來,請恁逐家食飽趁勢早,阿母招阿爸、
樓頂招樓跤、阿孫的招阿媽趕緊來廟埕---」按

---

[2] 清氣啖啖：音 tshing-khì-tam-tam,非常乾淨。

怎箍人客，二姊真正有三兩步七仔。二姊若久
久無轉來厝，阿爸就講：「阿美仔婧人無婧命！
這个查某囝仔若碌硞馬咧，四常對台灣頭遛[3]
到台灣尾。啊！這陣毋知閣走到佗位去矣？」

　　二姊結婚了足愛查某囝仔的，伊講若生著
查某囝，逐工欲共妝予婧噹噹。毋過天不從人
願，二姊干焦生兩个後生，伊叫阮姊妹仔後擺
若結婚，愛生一个查某囝予伊疼惜。

　　有一冬歇寒，二姊叫我去台北迌迌，二姊
夫駛一台烏頭仔車載阮去踅百貨公司。裡面啥
物件攏總有咧賣，二姊叫我愛啥麼衫家己揀，
遐濟婧衫，我看甲霧嘎嘎，嘛毋知欲揀佗一領？
後來，二姊買兩領羊仔皮的大衣，伊提彼領烏
色的 kooto，共另外一領紅色的 oobaa 送予--
我，二姊講我穿這領足好看，毋管天氣偌冷攏

---

[3] 遛：音 liù，流浪、遊走。

袂寒，真正有影呢！阮規身軀就像幔一領羊皮遐燒，予我這个庄跤俗的查某囡仔歡喜甲，轉來嘉義共人品三暝三日嘛品袂煞！

二姊的後生較大漢了後，愛嬌、愛耍的二姊煞雄雄轉性，伊有閒就走去守佇寺裡，摒掃拭桌、誦經禮佛、學拍法器。雖罔無食全齋，毋過有食早齋。猶有啥麼十齋日，講這十日愛受八關齋戒，禮佛、懺悔，誦念《地藏菩薩本願經》，按呢會庇佑一家伙仔人平安，二姊實在是有夠虔誠的就著啦！伊誠認真學佛，後來變作個師父的頭跤師仔，寺裡若做法會，師父會吩咐二姊拍法器抑是主持法會，二姊真正愈來愈無仝款矣！

* * * * * *

阮雄雄回神過來，火車已經來到台北車頭囉，我閣去坐捷運到芝山岩，二姊蹛佇芝山岩公園的邊仔，我來這幾若擺矣，見若來，二姊攏會炁我去芝山岩 peh 山。這馬行愈倚二姊個

兜我的心就愈沉重，毋知二姊現此時變按怎？遐爾仔愛嬌的二姊，哪會堪得病魔的拖磨咧？想到這，我的目眶紅紅、目墘澹澹---。

二姊來開門，伊身穿一領殕色的膨紗衫配一領紺色的毛織褲，頭戴一頂烏色的羊毛帽仔，跤穿一雙鋪棉的包仔鞋，一身軀包甲密鈿鈿，我真正毋敢相信彼就是二姊。台灣的八月天是熱甲若火燒埔咧，二姊竟然穿甲遐爾厚，原本一个阿娜多姿的身材煞變做消瘦落肉，一个膨皮膨皮的面顝仔毋但親像消風的雞胿仔，閣烏烏、焦焦、脯脯，我看甲誠毋甘目屎忍袂牢一直欲流出來，袂使、袂使！我愛忍耐控制家己的情緒，趕緊越頭去共目屎拭拭咧，閣越頭過來攑手共二姊行禮，笑笑仔講：「報告二姊，我到囉！」二姊的面展開一絲仔笑容講：「看著你，我規个心情就攏齊輕鬆--起來矣，來，緊入--來去，今仔日足、滿、完，眾姊妹攏會到喔！」

* * * * * *

　　若講著台灣囡仔的名，趣味的代誌是規大掇，啊若講著阮姊妹仔的名，一暝一日嘛講袂煞。大姊、二姊、三姊的名攏誠好聽，彼是阮阿爸號的，像二姊號做阿美仔，伊的名就像伊的人遐爾美麗。毋過阿母閣生第四、第五、第六胎的時，重男輕女阿媽就共阮號做足仔、滿仔、完仔，足、滿、完就按呢變作阮兜的註冊商標。

* * * * * *

　　踏入二姊的厝，我隨看著整理甲真整齊的客廳，想袂到破病的二姊猶原遐爾仔骨力、遐爾仔清氣。無偌久四姊足仔佮六妹完仔嘛來囉，照講姊妹仔見面應該是歡頭喜面，毋過想著二姊的病，逐家激出來的笑容是比哭閣較歹看。阮四姊妹仔先講一寡仔五四三的才進入主題，我共二姊講：「偌久囉，哪會這馬才予阮知？」六妹講：「若毋是我食飽傷閒，電話閣共伊銶

閣想招伊落來彰化迌迌，哪會知影伊咧破病？」
二姊講：「已經半冬外囉，我是想講各人士、
農、工、商攏誠無閒咧，若予恁知影，恁逐家
就閣走走來，予恁加煩惱的、加無閒的。」二
姊是病甲遮爾食力，猶原閣遮爾仔勢替逐家設
想，想到遮，我的心肝足毋甘的。

　　二姊無張無持致著這个病，這馬規个人皮
包骨瘦硞硞。伊講有做化療佮電療，雖罔頭毛
攏落了了，毋過伊誠感謝佛祖對伊的疼痛。二
姊閣講，破病三個月的時，醫生共伊講：「有
一種美國最新醫學的抗癌藥仔，欲予實驗者免
費試用，目前已經有 59 人登記囉，你若有欲
參加，就是對 60 人中間抽一人做實驗，若抽
無著的人想欲用這種藥仔，藥費是貴甲會驚--
人」二姊講伊誠好運去予人抽著，四姊隨就接
落去講：「hânn？按呢，你毋就做白老鼠仔予
人試驗囉？」二姊講伊破病了無上班、無收入
已經開袟少錢，二姊夫是綴老蔣的過來的，嘛
已經真久真久無上班矣，雖罔猶有淡薄仔養老

金通領，毋過，逐工目睭若擘金就愛開誠濟醫
藥費和生活費，當當知影家己去予人抽著的時，
是歡喜甲佇佛祖的面前一直跪、一直拜、一直
感恩、一直說謝。雖罔二姊講伊誠歡喜，毋過，
我的心是誠瘦疼---。

　　阮姊妹仔提紅包予二姊，伊一直毋收，四
姊講一定愛收，見紅大吉，紅色破邪，二姊才
收落來。逐家閣紮誠濟保養品予二姊，共二姊
教誠濟抗癌的秘方，袂輸個個攏誠勢，佇遐你
一句、我一句，講甲熱勃勃[4]，毋過二姊是聽
甲霧嗄嗄。後--來，阮逐家就共秘方寫佇一本
筆記簿仔，規本簿仔寫甲滇滇滇，閣共這本簿
仔號名叫做「抗癌寶鑑」，叫二姊共這本寶鑑
收予好勢，逐工愛提出來看、逐工愛照起工做。
紲落閣交代二姊啥麼物會使食、啥麼物袂使食，
早暗較冷毋通寒著，愛好好仔保重---。阮逐家

---

[4] 熱勃勃：音 phut-phut，興致勃勃。

攏是二姊的小妹，毋過交代一大堆，袂輸敢若
是老母咧交代查某囝仝款。

　　自從彼擺了後，我逐工敲電話予二姊，叫
二姊愛穿予燒、食予飽、放輕鬆，二姊的聲音
若歡喜，我的心情就綴咧快樂；二姊的聲音若
憂悶，我的心情就綴咧艱苦。為著欲予二姊保
持好心情，我會講笑話共伊唌[5]，共伊弄予笑
出聲。有時我會叫二姊坐車落來嘉義，我炁二
姊去四界迌迌，去半天岩看雲、看日出；去東
石看海、看夕陽，轉去較早蹛過的所在揣舊厝
邊、老朋友---，我共二姊翕誠濟相片，伊翕相
的時一个喙仔文文仔笑，笑甲若看著希望，笑
甲若一蕊強強欲開的花咧！

　　二姊誠久無落來嘉義矣，伊較無體力囉，
連講電話的聲嘛愈來愈無氣力。有一擺，伊共

---

[5] 唌：音 siânn，引誘。

我講伊誠艱苦足想欲放棄的，我聽--著是誠毋
甘，目屎 khok-khok 輾，想著過去的種種閣想
著未來---，我驚我若閣想落去，就無法度閣鼓
勵二姊囉，就按呢目屎拭拭咧轉換口氣，共二
姊講：「二姊，你袂使放棄，你佮我欲做伙活
到老老老！咱閣有約束，你欲陪我坐小火車去
阿里山看櫻花、看雲海。咱閣欲來去礁溪洗溫
泉、來去古坑啉咖啡喔！」

　　這種病是按怎會發生佇二姊身上，阮逐家
真正是想袂曉嘛攏掠無頭摠[6]，伊較早是遐爾
仔活潑、樂暢閣熱心的人，定定為別人的代誌
無閒 tshih-tshih，後來學瑜珈、坐禪閣學佛為
大眾服務。是按怎遮爾仔好的人會著癌？二姊，
你做人誠好，佛祖一定會共你保庇，你袂使放
棄，二姊，你絕對袂使放棄！

---

[6] 掠無頭摠：音 liàh-bô-thâu-tsáng，不得要領、抓不到
　　頭緒。

甘願剁剁咧予豬哺

二姊人媠、體格媠、皮膚嘛媠，逐工攏穿甲誠媠。四姊開裁縫訂做店兼開一間布店予姊夫顧，伊賣的布攏是上時行的，伊做衫的工夫通人褒，誠濟董娘仔佮好額人的查某囝攏會來店裡剪布佮做衫。二姊足頂真閣猴繃[1]，伊會先去百貨公司看衫仔型，閣去布街仔剪布，才提轉來予四姊做，所致二姊攏穿甲媠噹噹，就敢若百貨公司見本櫥的尪仔遐爾仔媠。

二姊穿一領滾蕾

---

[1] 猴繃：音 kâu-penn，做事不爽快，愛挑剔。

絲的衫配一領網仔裙，裙內底拗裒[2]，用幼條
的鉛線弓--起來，所致穿--起來膨獅獅。對外
口行--入來，裙尾搖咧搖咧，就媠甲若 oningyoo
咧，嘛媠甲若仙女下凡咧。我講：「二姊，你
穿這領裙足膨足媠的呢！」「足媠的 honnh？
這是四姊做的喔！」我看甲誠欣羨就緊走去揣
四姊，想欲叫四姊做一領予我，看著四姊煞歹
勢講出喙，就講：「四姊…四姊，恁共做衫賰
的布碎仔接接咧，做一領衫予--我，好無？」
四姊笑笑仔講：「啊，是布袋戲尪仔欲穿的，
是毋是？」我頭仔犁犁見笑甲毋敢應就按呢走
--出去。後--來，「共做衫賰的布碎仔接接咧，
做一領衫予--我 這句話，三不五時就予大姊、
四姊、二姊提出來餾，害我足歹勢的。

　　二姊猶未結婚進前，有誠濟媒人婆來厝裡

---

[2] 拗裒：音áu-pôo，衣服的折邊，通常會在袖口、衣
　襟、褲管或裙擺的邊緣打折縫合。

欲做親情，條件攏袂穩，有老師、教官、廠長，
閣有一个做將軍的。阿母講彼个將軍人範將才、
官位上大，若嫁伊，後擺就食好、穿好、做輕
可、事事項項免煩惱。毋過二姊知影彼个將軍
是外省人，氣甲蹔跤蹄講：「阮佮阿珍仔兩人
早就有約束，若欲嫁予外省的做某，甘願剁剁
咧予豬哺。」後來，二姊袂堪得媒人婆常在來
厝裡膏膏纏，就佮阿珍仔相招出外去食頭路
囉！

　　有一工二姊轉來，講伊佇台北熟似一个查
埔朋友，彼个人對伊袂穩，個兩人想欲結婚。
阿母問對方佗位的人？二姊頓蹬[3]一下仔才講
對方是外省人。阿母講：「你毋是講若欲嫁予
外省人，甘願剁剁咧予豬哺？」二姊應講：「緣
份啦！可能是命中註定的啦！」阿爸講：「你
若有佮意就好！」紲落阿母講：「結婚前家己

---

[3] 頓蹬：音 tùn-tenn，暫停腳步、停歇、停頓一下。

的目睭就愛攑予金，毋通結婚了才閣轉來外家
投。」

　　人講話毋通講傷早！講若嫁予外省人，甘
願剁剁咧予豬哺的二姊佮叔伯大姊阿珍仔，個
兩人後來真正攏嫁予外省人，這敢是講串驚串
著？抑是講命中註定？

第二輯　翁某情

戀豬仔？戀查某！

　　貓仔佮豬仔是好朋友，個定定做伙迌迌。有一工，貓仔無細膩摔落去一个深深的山洞，豬仔佇遐齁齁叫毋知欲按怎？

　　貓仔叫豬仔去揣一捆草索仔來，豬仔共草索仔提來就緊擲落去山洞，貓仔講：「按呢我欲按怎起去？」豬仔講：「無，我愛按怎做？」「你愛共草索仔換一頭矣！」豬仔聽著隨跳落去山洞閣共草索仔頭揱咧。貓仔看豬仔跳落來

▲張本鈺小朋友的手作

閣緊去共索仔換一頭，心內笑伊戇豬仔，毋過
面嘛笑甲誠歡喜閣講：「你真正是我的好朋友，
我會想辦法救你起去喔！」

有一个查某人叫彩仔，伊的翁婿叫義仔，
有一擺義仔當面叫彩仔「戇查某」，我聽--著，
實在替彩仔感覺足毋值的，因為彩仔對個翁義
仔所做的一切，真正比彼隻戇豬仔好幾若百倍、
幾若千倍。

彩仔出世佇布袋海口，爸母咧飼麻虱目，
拍拚佮勤儉所致趁袂少錢，毋過厝裡兄弟姊妹
一大捾，生活無通過甲偌快活。彩仔個大兄河
仔，做兵轉來就家己來嘉義允頭路，伊先去借
踮佇牛車寮仔附近的做兵仔伴的厝，紲落去磚
仔窯做工，後來就綴人去學做「杉仔」的生理，
骨力做、認真學，趁著真濟錢，河仔共厝裡的
小弟、小妹焄來嘉義栽培個讀冊，彩仔就佇這
陣予大兄焄來嘉義讀國校三年仔。

河仔頭腦好、勢變竅，趁錢就蓄地、蓄厝，

逐個月閣發所費予小弟、小妹，若無夠用的人，
嘛會使主動去共會計小姐領，囡仔食、穿、用
攏免煩惱，只要專心讀冊就好。

　　彩仔真愛看冊，毋過，無愛看教科書，干
焦愛看小說佮哲學，伊生活過甲誠四序，工廠
幾若十個員工攏叫伊三小姐，閣對伊誠疼惜，
敢若公主仝款。過慣勢這種生活予伊感覺誠無
聊佮空虛。大學聯考彼工，伊刁工覕起來，放
榜了大兄才知影伊無去考試，就叫伊去台北補
習閣講：「無要緊！補一冬仔明年才閣和人去
考聯考喔！」

　　彩仔的面模仔、穿插、身材，佇補習班引
起誠濟查埔同學的好奇，逐家攏對伊扶扶挺挺
[1]，想欲佮伊做朋友。義仔就是補習班的同學，
毋過伊的態度佮別人無仝，彩仔顛倒愛義仔這

---

[1]　扶扶挺挺：音 phôo-phôo-thánn-thánn，拍馬屁、奉承。

種獨一無二的個性，伊無愛閣過予人疼痛、扶
挺的日子。隔一層紗仔的愛情，真緊就修成正
果，大學畢業兩人就結婚矣。

　　原來彩仔佮義仔攏是好命囝，較早攏愛人
侍候，結婚了義仔共彩仔講：「窮真[2]是你來逐
我的，我攏袂曉做工課，後擺愛靠你囉！」彩
仔應甲誠聳勢[3]講：「無問題」。

　　結婚的時彩仔佮兩百萬的現金和一棟樓
仔厝嫁--過去，大家對伊惜命命，大家新婦就
敢若老母佮查某囝，四常做伙買菜、做伙煮食，
逐家嘛傍彩仔的福氣，逐工攏食山珍海味，有
時大官嘛呵咾新婦誠乖巧、誠骨力。義仔煞攏
佇厝裡做少爺，過了半冬，兩百萬就偆一百萬。
閣來這半冬義仔去送報紙，見領著錢就去跋筊，

---

[2]　窮真：音 khîng-tsin，追根究底。

[3]　聳勢：音 sáng-sè，高傲神氣、作威作福的樣子。

跋甲錢輸了了才會轉來，後來嘛定定共彩仔討
錢，彩仔哪有遐濟冗剩[4]錢通應付伊，致使偆
的一百萬誠緊就開咧欲了囉！

　　彩仔佮義仔開始跟人學做饅頭、肉包佮豆
奶，彩仔那學那耍講足心適，個學會曉做就搬
出去租厝，開始開店賣早頓。拄開始人客誠少，
沓沓仔愈來愈濟人食牢個的口味，生理當好的
彼站仔，彩仔真正是無閒通食飯、無手通攏裙，
偏偏仔義仔定走去守佇筊間跋甲無暝無日，害
彩仔辛辛苦苦寬寬仔粒積的錢，攏去予義仔提
去還筊數。

　　彩仔想講欲予義仔離開筊場，就愛共義仔
遮的筊鬼朋友切予斷，規氣[5]搬轉去外家大兄

---

[4] 冗剩：音 liōng-siōng，寬裕、餘裕。

[5] 規氣：音 kui-khì，乾脆。做事直接乾脆，不拖泥帶
　　水。

遐蹄，順紲省一條曆租，哪知袂輸會鼻味咧，人交陪的攏是關公劉備，義仔串[6]交攏是林投竹刺，毋是筊友就是酒友。有一擺義仔啉酒了駛車去拚人的車，人受傷愛賠、車歹去愛賠，家己的車嘛愛修理，彩仔姑不而將只好共大兄送伊的嫁粧彼間曆賣掉，處理了後手[7]猶賰一寡仔錢，義仔就討欲買一台舊的鴨母仔車通好好仔拚，講一工會當趁成萬箍，若毋予伊買就欲離婚，彩仔投降予義仔買車囉！

　　彩仔看毋是勢就去修教育學分，嘛考牢老師閣分發去上班，伊想專心教冊較袂一直予義仔惱氣，哪知無到一冬，義仔舊症頭又閣夯起來矣，毋是去跋筊就是去啉酒，彩仔若唸伊，伊就講：「駛鴨母仔就愛一對手，趁的錢攏著

---

[6] 串：音 tshuàn，每次、經常、往往、總是。

[7] 後手：音 āu-tshiú，剩餘。剩下來的。

俗人分，實在是算袂和，我哪就做甲遐忝啦！」
後來，彩仔為著欲共義仔分擔佮鼓勵，就共學
校辦『留職停薪』家己參翁婿做伙出車做工，
想著未嫁的時，暴憑[8]是好命囝、暴憑毋捌做
工課，哪知會有今仔日？翻頭想著是家己選的
翁婿，毋敢怨嘆！猶有誠濟代誌愛無閒頤插[9]
咧，哪猶有彼號美國時間通烏白想！

　　毋管上山抑落海，翁仔某做陣行，兩人做
甲誠拍拚。義仔看彩仔綴伊食苦，也毋甘也感
謝，收工了心花開就載彩仔四界去，有當時仔
去遊山玩水，有當時仔閣去食彩仔愛食的好食
物，歇睏日嘛會去唱歌、看電影抑是迌迌，有
一工天氣冷霜霜，兩人來到梅山賞梅花，義仔
就共彩仔尋牢牢[10]，誠久誠久毋捌有這種甜蜜

---

[8] 暴憑：音 pō-pîn，從來。

[9] 無閒頤插：音 bô-îng-tshih-tshah，很忙碌的樣子。

[10] 尋牢牢：音 siâm-tiâu-tiâu，摟得緊緊的。

的感動，彩仔早就共身軀的酸疼擲去千山萬里
囉！

　　大約半年的好光景，閣來彼站仔義仔誠懶
屍，啥物代誌攏無欲做，閣嫌鴨母車傷舊厚毛
病，規氣無愛出車。彩仔就消假轉去教冊，有
一擺義仔偷駛車去賣掉，錢提咧又失蹤矣，轉
來到厝毋但無半仙[11]，閣欠人一身軀債。彩仔
四界走從借來的錢嘛無夠還，逐工都有惡確確
的兄弟來嚷欲討錢兼恐嚇，義仔聽著彼幾个惡
霸來就緊走去覕，彩仔講義仔哪遐爾無擔當？
義仔真粗殘[12]就夯刀欲刜[13]彩仔，半暝仔彩仔姑
不而將只好佇路裡戇戇跂毋敢轉去。有一擺拄

---

[11]　仙：音 sián，無半仙 即沒半毛錢。

[12]　粗殘：音 tshoo-tshân，粗暴兇狠。

[13]　刜：音 phut，用刀子砍殺。

著好朋友叫電話來關心，原本想講就便[14]去朋友兜暫蹛一暝，後來閣想講，若害朋友去予義仔牽拖落去就袂過心，就按呢佇路裡行到天光才轉去厝，看義仔毋知睏到第幾殿去矣，伊才放心仔款款咧去學校。

　　義仔幾若擺招彩仔離婚，彩仔相信義仔總有一工一定會回心轉意，堅持無愛離婚，義仔見擺攏笑伊「戀查某」，伊恬恬毋講話，想講欲用家己的方法感動義仔，向望有一工義仔會改變，證明家己當初無看毋著人喔！

　　希望風颱緊過，一切就會恢復平靜；希望寒天緊過，春天若來就會百花開。

---

[14] 就便：音 tsiū-piān，趁機、順便。

故鄉 我轉來矣

　　氣象報導冷氣團增強，氣溫下降，天氣就雄雄反寒。雖罔冷風咻咻叫，招弟仔穿著大姊送伊的彼領裘仔，規身軀攏燒烙--起來。大姊毋但載伊來機場，閣拆機票予伊，早就講好無愛哭矣，毋過，目屎就是毋聽話，化作雨水劈哩啪啦落袂煞。伊閣一擺共大姊講：「大姊勞力！」講甲比蠓仔咧叫較細聲，大姊目箍紅紅一直交待講：「你家己就愛好好仔保重喔！」

招弟仔上飛機了，想講欲轉去故鄉──臺灣這逝路誠遠，先眯[1]--一下。毋過，一大堆代誌纏纏攪攪做伙，已經沉佇甕底的往事，煞一層一層一直演--出來。

* * * * * *

85 年的 8 月底，強烈風颱賀伯掃到臺灣西部，閣帶來足大、足濟的雨水，造成誠嚴重的災情，真濟田園淹去、橋斷去、路歹去，八掌溪的溪水嘛漲--起來。有一工，隔壁庄的萬發仔雄雄狂狂傱來報：「福財嫂仔！福財嫂仔！恁福財仔予人救起來佇八掌溪邊，你趕緊去看覓咧！」招弟仔聽--著，規个人攏烏暗眩去，跤嘛軟去煞跪落塗跤，萬發仔窸倏[2]共伊插--起來邊仔的石頭仔坐。

---

[1] 眯：音 bî，眼睛微微閉合，引申為小睡一下。

[2] 窸倏：音 sī-suā，趕快、趕緊。

個來到八掌溪邊，誠濟人圍佇遐，有人講無氣矣啦！有人講死去矣啦！忽然間招弟仔規个精神攏來矣，伊誠受氣、誠大聲共逐家嚷講：「阮福財仔無死，伊干焦寒甲昏去爾！」隨越頭跪落塗跤，手一直搖，喙一直叫：「福財仔、福財仔！遮真寒，你緊起來，咱緊轉--來去啦！」毋過，據在招弟仔出力搖、大力搟[3]，福財仔就是毋振動，逐家攏恬啁啁[4]，村長共招弟仔講：「財嫂仔，人死不能復生，財哥去做仙矣，你家己就愛好好仔保重呢！」招弟仔這陣才放聲大哭，哭甲死死昏昏去。

福財仔的喪事辦了無偌久，嫁去美國的大姊，就來共招弟仔接去美國蹛囉！大姊常在講：「長姊為母」，所致伊照顧招弟仔就敢若咧照

---

[3] 搟：音 hián，搖晃。

[4] 恬啁啁：音 tiām-tsiuh-tsiuh，寂靜、鴉雀無聲、靜悄悄。

顧查某囡遐爾仔周至。招弟仔佇大姊兜食好、用好、做輕可，毋過，伊若想著故鄉、想著福財仔就睏袂去，後來規身軀全全病，規个人一直烏焦瘦--落去，醫生講伊得著思鄉病，這陣大姊才肯放人，予伊轉來臺灣。

＊　＊　＊　＊　＊　＊

誠久誠久無看著故鄉囉！落飛機了，招弟仔鼻著故鄉的田塗味，袂輸若食著仙丹咧，規个辛苦病疼攏無矣，伊講：「臺灣、福爾摩沙，我轉來矣，福財仔我轉來矣！」

記持拍毋見

　　啉茶就是苦味落喉了就會沓沓仔回甘，人生嘛就像按呢，總袂苦一世人。這是較早阿松仔欲娶阿珠仔做某進前，定定共阿珠仔講的話。

　　　＊　＊　＊　＊
　＊　＊

　　阿珠仔生做誠䑛跤，毋過瘦閣薄板，訂婚的時，新郎的親情攏講，新娘遐爾仔瘦看起來足無氣力，若嫁過來敢有法度捀人的飯碗？欲扞彼口灶敢有法

伊！

人講愛著較慘死！毋驚死的阿珠仔真正是嫁過去矣，真正做新娘彼工，親情一大捾叫袂了，伯仔、叔仔、姑仔、姆仔、婆仔、阿公、阿祖、太祖，一 torakku 咧欲四十个，叫過就隨袂記得，伊開始煩惱後擺欲如何是好？隔轉工未曾 4 點就予大家叫起來煮規家口仔 12 个人的早頓，好佳哉欲嫁進前後頭厝的阿母有教伊學煮食。食飽閣愛洗 12 个人的衫褲，伊人雖罔躼跤，毋過衫落水煞變誠重，手欲搝衫按怎搝就出無力，明明就有洗衫機咧煞袂使用，大家佮阿媽攏講彼是欲脫水用的，洗衫愛用手搝才洗會清氣。伊那洗目屎那流，阿松仔看著緊倚來鬥洗衫閣安慰講：「人生就敢若啉茶」，伊隨紲落去講：「苦味落喉了就會沓沓仔回甘。」勞跤的阿媽雄雄出現共伊罵：「你哪遐爾仔無站節，查某人的工課，也敢予查埔人做？」伊應講：「彼領大裘烏墨墨，我搝袂法啦！」「死查某鬼仔！搝袂法也敢嫁？」伊緊共衫提過來

講：「好！我洗！我寬寬仔洗！」

　　阿松仔個兜佇菜市仔賣肉羹麵，大家已經
共擔頭仔捒出去矣，阿珠仔衫洗好、晾好就緊
趕去市仔接手，大家教伊按怎切香菇、按怎共
肉切做一條一條的肉條仔，上尾按怎煮做香菇
肉羹，閣教伊按怎煮魚丸仔湯。講煞大家就轉
去矣，講甲誠簡單，毋過阿珠仔是聽甲誠花！
後來心頭掠定，想講千萬毋通家己嚇驚家己，
工課慢慢仔學就會上手，雖罔逐工做甲誠忝，
嘛比轉去厝裡較自由，若是佇厝阿媽足勢詈、
足勢尾[1]的。

　　＊　＊　＊　＊　＊　＊

　　時間咧過都啊誠緊，數十年就敢若一目𥍉，
厝裡的人一个一个出去食頭路、一个一个年老
矣，阿珠仔的擔頭有較輕矣，煞愈來愈無頭神

----

[1] 尾：音 khùt，用難聽的言語咒罵人。

囉！

少女的祈禱一直傳來，阿珠仔捾一大袋糞埽走出來煞袂赴，伊緊騎機車去逐糞埽車，糞埽擲完怙²行的轉來，阿松仔問伊機車咧？伊閣諍³講伊無騎機車出去，後生去共車騎轉來伊才講：「啥，我 我有騎機車出去喔？」。後--來，目鏡掛佇頭殼頂咧揣目鏡、鎖匙掛佇車頂咧揣鎖匙，足濟物件毋知囥佇啥所在，逐擺攏講賊仔走入來偷提，阿松仔若共物件揣著，伊就講：「你閣去買新的喔？」

阿珠仔的記持真正愈來愈穩，有一工伊家己出去煞愈行愈遠，揣無路通轉來，有一個抾字紙的阿桑問伊蹛佇佗，人三問伊四毋知，阿

---

² 怙：音 kōo，依靠、憑藉某種方式來達到目的。怙行的，就是用走的。

³ 諍：音 tsènn/tsìnn，爭辯、爭執。

桑只好焄伊去警察局，阿松仔接著通知才去共
伊焄轉來。

　　阿松仔看著是誠毋甘，這个身軀明明是蹛
老的阿珠仔，是按怎見講就講過去 18 歲談戀
愛的代誌，甚至過去嘛一點一滴一直拍毋見，
一直消失去。阿松真驚惶想欲叫醒阿珠仔的記
持。伊共阿珠仔講：「來！咱來去迌迌，咱來
去走揣咱過去的記持。」

　　人生就敢若咧啉茶，苦味落喉了就會沓沓
仔回甘，所致人生總袂苦一世人。阿珠仔這敢
算是啉苦茶了咧回甘咧？抑是阿松仔體貼咧
共伊安慰！

第三輯　師生情

人欲寫干焦兩撇

人欲寫遮爾仔簡單，干焦有兩撇，毋過 逐家寫的攏無仝。有人敧頭、有人跛跤、有人歪腰，到底欲按怎寫才會親像人？按怎徛才會出頭天？

人講落塗八字命，有身的查某人，看日仔閣揀好時，破腹挔囡仔，向望囡仔會當一世人好命。若誠實會按呢，是毋是仝年、仝月、仝日、仝時生的人攏會仝命？毋過，

誠濟人佮陳水扁、馬英九、蔡英文仝彼時落塗，
敢講個攏佮阿扁仔、阿九仔、阿英仔仝款總統
命？

　　一个教授，捌叫學生仔去古早人講的乞食
寮嘛有人叫貧民窟趖，調查 200 个查埔囡仔，
看著囡仔生活佇遐爾仔艱苦的環境，真正是苦
瓜燉鱧魚！教授的學生攏大膽斷定，囡仔佇遮
爾仔艱苦的環境大漢，個的未來一定無法度出
頭天。事實敢有影是按呢？

　　聽講囡仔轉大人了攏真出擢[1]，有人做律
師、有人做醫生，做生理的嘛做甲誠成功。教
授驚一越，家己親身走一逝閣做調查，趖的人
應講：「阮有拄著一个誠好的老師」。

　　社會上有人咒讖做老師的，定定誤人子弟，
講後擺會落地獄；嘛有人呵咾做老師的，看學

---

[1]　出擢：音 tshut-tioh，傑出。才能、成就卓越出眾。

生，袂輸看顧家己厝裡的囡仔仝款。貧民窟遮爾仔有出脫的查埔囡仔講，個佇這个老師遮得著老師真用心的牽教，所致個毋願向歹環境屈服，個嘛真長志才拍拚出家己的好前途。

* * * * *

二十幾冬前，我拄調來一間學校教美勞，上課有專用的教室，毋過 離普通教室誠遠。第一工上課的第六節，學生齊來矣，點名了後發現阿輝仔無來，學生講阿輝仔上課攏四界拋拋走，若去予主任抑是校長掠著才會來教室上課。

無偌久阿輝仔入來矣，伊講：「聽人講這學期換新老師矣，我來看覓咧！」我叫伊坐落來，伊踅一輾就欲閣傱出去。我叫是伊欲轉去教室提工具，伊應講：「老師，毋是啦！我上課就毋捌提家私頭仔來的，我攏嘛來迌迌的，無你來共我掠，掠袂著、掠袂著！你一定像進前彼个老師仝款，掠袂著啦！」我無講話嘛無

去掠伊，伊繼續講：「桌仔跤有箠仔，掠著予
你損啊！阮阿媽講我予伊氣身惱命，逐工攏嘛
用藤條共我捽，阿媽足勢損、我足歹，阿媽閣
講阮兩人見面就若犀牛照角歹面相看，伊對我
足感心的。」

　　我無受氣毋過聽甲足心酸，伊看我無欲共
伊掠，嘛無共伊歹聲嗽[2]，行倚來共手碗擎懸
懸予我看，手下節有幾若跡藤條捽過的傷痕，
我看甲心疼。「哪會按怎？」「攏阿媽拍的，我
攏嘛袂疼。」伊閣強調一擺就起跤欲走，閣講：
「來掠我矣！來掠我矣！」我雄雄伸手共伊掠
咧，閣用手對伊的手股頭拍一下，我的動作予
伊規个人愣[3]去，我共伊牽過來講：「你會疼是
毋？老師的手嘛會疼，毋過老師的心閣較疼。」

---

[2] 歹聲嗽：音 pháinn-siann-sàu，疾言厲色。形容人說
　　話的口氣、態度不好或粗暴。

[3] 愣：音 gāng，失神、發呆。

伊恬恬聽我講話，我提『面速力達母』共伊抹舊傷，手股頭無紅，我嘛順紲共伊撫撫抹抹咧，講：「毋甘！毋甘！老師毋甘看你規手攏傷痕，嘛毋甘阿媽拍你，阿媽的心定著比你閣較疼！你敢知？」我講甲目箍紅紅，看伊嘛目箍紅。後--來，伊講欲留落來共我鬥掃教室閣關窗仔門，彼工阮兩人講真濟話。

以後上課的時，伊攏提工具來閣誠認真畫圖，我會鼓勵伊有進步、愛加油！有一擺伊無畫完，問講：「老師，我敢會使提轉去畫？」「誠好！誠好！畫好才交予老師就好喔！」伊第二工隨提來交予我，看伊畫一尾龍，鱗片有無仝款的色水閣金爍爍，龍的頭向天，姿勢若像咧飛，真正有夠婿。我一直共伊呵咾講足婿，伊嘛足歡喜，閣講伊後擺大漢欲像飛龍飛上天。

逐工早起我扙到學校，阿輝仔佇足遠就咧喝：「老師勢早」，學校的校長、主任、老師聽

著，攏講：「阿輝仔和你的交情足好喔！伊這馬無仝款矣呢！」

是，阿輝仔真正無仝款矣！較早伊四常予人叫去辦公室罰徛、予人叫起去升旗台反省，因為伊無朋友、無愛讀冊，所致愛四界賴賴趖[4]閣愛佮人冤家，煞變做老師處罰的對象。這馬的阿輝仔，雖罔嘛會予人處罰，毋過，佇辦公室罰徛變少矣，態度嘛無仝矣，以前，伊人徛佇遐，面橫霸霸，後來若予人罰徛佇辦公室，態度變較軟勢，知影家己毋著，若看著我入去辦公室，伊攏會感覺足歹勢，趕緊共頭越過去面對壁，驚去予我看著。

下課的時，阿輝仔定定走來教室揣我開講，才知影伊無媽媽，爸爸佇台北開 KTV，無通定定轉來看伊，伊無愛讀冊佮寫字，所致阿媽

---

[4] 賴賴趖：音 luā-luā-sô，到處閒晃。

真勢損。有一工伊講：「老師，我和你做朋友了，阿媽較袂損我矣，伊講我較袂應喙應舌矣！」「一定是你的表現愈來愈好，著無？」「我干焦照老師講的按呢去做爾。」「按呢就著，你足巧嘛愈來愈好囉喔！」

有一日，阿輝仔走來揣我，講：「老師，拜託你共阮導的講，講我欲參加貫肉球[5]的比賽啦！」「你毋是六年仔的學生，嘛毋是球隊的隊員，按呢敢會使？」「老師拜託啦！你若去講，一定會使啦！」「好！我去共主任佮恁導的講看覓，毋過咱愛照品照行，若講無過，你嘛袂使亂使吵喔！」「好，一言為定！老師，欲出去比賽的時，我敢會使坐你的車？」「你若會使參加，我才去問主任看覓咧喔！」阿輝仔有夠歡喜的，歡喜甲規个人跳起來閣喝欸！

5　肉球：音 bah-kiû，躲避球。

　　主任佮班上的導師攏講這个囡仔佮我真有緣，個嘛確實看著囡仔的改變，隨就破例答應予五年仔參加，上感心的是，主任特別安排老師共我代課，予我做工作人員載學生去參加比賽，當然上歡喜的是阿輝仔，伊就按呢咻起來講：「我會使坐老師的車去參加比賽囉！」

　　比賽彼工，逐家誠有鬥志來到會場，阿輝仔講：「多謝老師，我一定會足拚勢的！」「放輕鬆，莫有壓力喔！」早場比賽煞歇畫，阿輝仔捾兩粒飯包對遠遠走過來，「老師，這个便當予你食。」「怎導的佮主任敢有？」伊伸手去抓頭，笑咧笑咧講：「啊！差一點仔袂記得，我閣來去提。」「你先提這兩个去予個食，閣去提的，咱兩人才做伙食，敢好？」「好喔！誠好喔！」

　　比賽煞著第三名，雖罔無第一名，毋過逐家攏講：比著第一名閣較歡喜。個閣講：這是上溫暖、上有紀念性的一擺比賽。

　　我欲調學校囉！阿輝仔走來揣我，「老師，你莫走啦！」「阮兜蹛足遠、足遠，我愛調去離阮兜較近的學校喔！」「老師，我畢業的時，你愛轉來參加我的畢業典禮喔！」「老師才盡量撨摵[6]看覓咧喔！」兩个人佇遐講甲津津噹噹，講到尾仔，兩人又閣是目箍紅紅，我答應會閣轉來看伊，阿輝仔真滿意才離開。

　　轉來阮的故鄉矣，三不五時嘛會想起他鄉外里的阿輝仔，毋知伊這馬好無？有乖無？

　　阮學校運動會補假的時，拄好是阿輝仔個學校運動會的日子。著！個學校六年級有五班，我就去買六本英文字典提去學校，拜託阿輝仔的導師，畢業典禮的時提一本送予阿輝仔，偆的一班按一本，請各班的導師送予有需要的囡仔。

---

[6] 撨摵：音 tshiâu-tshik，調度。安排配置。

　　去到學校看著運動會真鬧熱，校長看我來，一直叫我去校長室啉一杯茶，只好去坐五分鐘，就緊來看囡仔比賽，閣佇遐大聲共個加油，足濟囡仔看著我，攏咻甲足大聲，無偌久阿輝仔來揣我，伊走甲汗流汁滴[7]，規身軀黏黐黐。我先開喙講：「我有看著你走第一名，足勢喔！」「老師，你敢是來看我的？」「是啊！我有答應你。」「老師，畢業典禮的時，你敢會閣來看我？」「歹勢！無法度呢！」「是按怎無法度來？」「因為老師教的學生佮恁仝一工辦畢業典禮喔！」「是喔！」「毋過，我有準備禮物，畢業典禮彼工欲送你的喔！」「我也是較愛老師來看我啦！」司令臺彼爿咧放送，叫阿輝仔去領獎，我共伊恭喜閣共伊講再會，閣過一觸久仔，我就離開學校去處理其他的代誌囉！

---

[7] 汗流汁滴：音 kuānn-lâu-tsiap-tih，流一身汗。

＊　＊　＊　＊　＊　＊

　　歲月走甲誠緊，連鞭就過二十幾冬矣！更深夜靜，外面冷風冷吱吱，阿輝仔你這馬過了按怎？敢有去台北讀冊？敢有佮恁老爸做伙踮？敢猶會記得細漢講的話？向夢你這馬像你較早講的仝款是一尾活龍出頭天，若無嘛是一个行好路，行出一片好光景的少年。

飄撇的少年家

　　有一个飄撇的少年家手裡捧一束花，笑咧笑咧對遠遠遐一直行過來。嗯！我臆伊是隔壁班彼个少年查某老師的男朋友，我原本就無啥冗剩時間，就想欲緊斡入去教室。

　　「老師！你袂記得我矣是無？祝你母親節快樂。」這敢毋是拄才彼个少年家？伊笑甲足燦爛的，啊！著啦！就是這個笑容啦！就是12冬前阮教畢業的新仔啦！

　　＊＊＊＊＊＊

　　猶未調來這个學校教冊進前，我就捌來遮四界行行看看咧，

煞去煞[1]著這个世外桃源閣民風純樸的好所在。
班裡的囡仔攏誠古錐，對新老師嘛攏誠好玄。
有人問老師踮佇佗位？嘛有人問老師結婚矣
未？閣有一个查埔囡仔問老師敢做人的阿母
矣？

　　母親節進前，阮班的作文課，題目是：我
的母親、我的阿媽抑是我的阿姨。頭起先我看
新仔憂頭結面，頭仔向咧毋知咧想啥？後來我
才知影個老母得著血癌過身去矣，無偌久老爸
就閣再娶阿姨入門。聽講老爸對伊的要求誠嚴，
若考試考無好抑是做代誌做無好，伊就隨食箠
仔枝炒肉絲。伊就按呢變做一个足狡怪、足愛
忤逆序大人佮老師的囡仔。毋過，彼擺伊煞佇
作文的上尾寫講：「老師，你若是阮阿母毋知
有偌好咧！」我看了就寫講：「對這馬起，你
會使共老師當做你的阿母矣！」

---

[1] 煞：音 sannh，渴望、迷戀某些事物。

　　逐家知影了後就一直有人咧食醋，講老師偏心收新仔做契囝，所以逐家嘛相爭欲予老師做契囝，就按呢，我若行到佗逐家就綴到佗，人攏笑我是雞母咧焦雞仔囝。

　　班上有足濟囝仔的厝裡攏有種花，有人提花矸、有人挽花來，逐工攏有一矸誠嬌的花竘[2]佇老師的講台。有一工，雄雄透一陣大風，共規个花矸掃落塗跤。聽著 phiang 一聲，我隨向落去欲抾破矸仔柿[3]的時，班長新仔攑掃帚、副班長玉仔提畚斗，閛佇我的頭前咧掃、咧抾！看著這幕，我也歡喜、也感動，感動甲目屎強欲輾落來。

　　時間咻一下 12 冬就飛過去矣，佇民風純樸的所在，一个細漢查埔囝仔連鞭變做一个飄

---

[2]　竘：音 tshāi，豎立。

[3]　柿：phuè，扁平狀的碎片。

撇的少年家囉！

心目中永遠的第一名

　　人講睏仝床的姻緣愛修百年才會搭著、坐仝船的緣份愛修十年才會拄著。按呢，會當做伙兩冬（七百幾工）的師生抑是同窗的，若無修十年，上少嘛愛修九年。拄接新班級的時，我攏會共學生講這个故事，愛逐家好好仔鬥陣，互相惜福、惜緣。

▲陳彥凱的媽媽提供的照片

＊　＊　＊　＊　＊　＊

又閣是分班了開學的第一工，學生入去教室暫時一人清彩坐一位，有一個查埔囡仔煞坐佇後壁的門喙口，哪會按呢？我叫伊坐入來，伊當作馬耳東風。我照囡仔的身懸重排座位，奇怪！彼个囡仔又閣坐去顧佇門喙口？我叫伊坐入--來，伊煞講坐佇遐較涼。

毋管佗一个老師來上課，伊若佮意聽，就共椅仔攑兩步坐--入來，若無佮意聽，就共椅仔攑兩步徙--出去，講是欲看外口的風景、吸新鮮的空氣。我是有喙講甲無瀾，伊嘛是老神在在做伊坐佇遐。伊雖罔毋聽話閣真固執，毋過面模仔誠文，應話嘛有笑容，袂像有人看起來橫霸霸。

每一個囡仔攏是獨一無二的，這個囡仔更加是足特別的，觀察伊對數學佮體育有真大的興趣，就四常去佮伊開講，愈講愈投機，伊自動共桌仔、椅仔徙入來排好勢。有一節上數學

課，伊寫練習題連鞭就寫好，我行倚去共伊巡了講：「『帥哥』你寫上緊閣全部攏著，誠勢喔！」伊歡喜甲講：「老師我想欲做班長，敢好？」「好！開班會的時我共你提名，選牢的幹部攏會使試做 3 禮拜喔！」

　　這个緣投囡仔叫阿凱，佇四年仔的時就攏做囡仔頭王，聽講佇班上舞誠濟齣頭。毋過走標比賽無人贏會過伊，所致主任、老師佮別班的囡仔逐家攏捌伊。升起來五年級，伊的人氣是衝甲掠袂牢，欲選班長若桌頂拈柑咧，當然嘛選牢。下課的時，逐家攏倚來共伊恭喜，伊那講那笑耍甲足爾仔歡喜。3 禮拜到，我共伊講：「班長，試用期間你真得人和，毋過較無領導能力喔！」老師佮囡仔照約束行，換落來的 3 个囡仔歡喜甘願接受攏無怨言。阿凱共老師講伊足想欲做數學小老師，我隨答應伊，予伊發揮專長會使鬥指導數學功課較袂曉的囡仔，阿凱歡喜甲，講伊攏毋捌做過班長佮小老師，五年的老師予伊完成夢想矣。

　　學校有真濟社團欲團訓，有的利用早課、有的利用睏晝、有的利用放學以後的時間咧練習，我講：若家己的工課攏有照起工完成，就會使選家己有興趣的項目參加，練習的時愛認真練，該做的工課嘛袂使清彩。囡仔足歡喜，有的選一項、有的選兩項，干焦阿凱一睏手就選走標、跳遠佮鉛球三項，想袂到老師攏總答應，伊歡喜甲就大聲喝讚啦！

　　阿凱毋但人緣好、頭腦好、反應緊、跤手猛掠、學業進步，班上同學逐家攏足服伊，若有囡仔佇咧冤家，伊會替老師共個講和老師才閣處理。阿凱足愛鬥做工課，做甲一个面仔定定都笑微微，阿凱嘛足愛佮同窗的耍，耍甲定定佇塗跤捙畚斗，上重要的是伊的體育活動欲來愈好囉！

　　有一擺阿凱的老母來參加班親會，伊問我：「阿凱講伊佮意老師，毋知老師你是有啥法寶予伊共你呵咾？」我應講：「哪有啥法寶？應

該是佮伊做朋友啦！」兩人佇咧講囡仔的代誌
雄雄想著：「敢若有一擺我叫伊『帥哥』了，
伊就足歡喜、足乖巧、足認真喔！」「按呢就
著啦！人攏叫阿凱的老爸佮阿兄『帥哥』，從
到今，猶毋捌有人叫伊『帥哥』，老師你是頭
一个叫阿凱『帥哥』的人啦！」「敢真正有
影？」「是啦！著啦！莫怪伊會誑佮意你！」
後來，阮班上就加足濟『帥哥』佮美女囉！

　　六年級的時，阿凱參加中小學聯合運動會，
逐項的成績攏誠好，總成績是國小十項全能的
第一名，閣較予人驚喜的是伊破嘉義鐵人三項
的紀錄，消息傳轉來學校，逐家攏足歡喜閣一
直呵咾阿凱真正勢、真正無簡單。阿凱的爸母
歡頭喜面來學校共體育老師佮導師說謝，後來
討論了就按呢決定欲去讀國中的體育班。

　　阿凱讀國中的時就去參加角力比賽，有幾
若擺利用歇睏時間轉來學校揣我，上課的時伊
就坐落來，講伊足愛轉來聽老師講課，下課的

時伊就佮囡仔耍甲足樂暢的，佇我的心中伊猶是彼个誠快樂的囡仔。

對國中到高中，阿凱毋驚艱苦、毋驚疼，堅持一直拚落去，到這馬讀大學嘛是讀體育技擊系，全國賽、國外賽定定提著第一名抑是真好的成績，阿凱的老母講：前幾日仔阿凱才去印度、日本參加角力比賽，隨閣紲落去參加國內桃園的比賽喔！

食褒食褒，只要是人攏愛聽好話，何況是囡仔！講好話就敢若口出蓮花，遐爾仔芳、遐爾仔迷人，人若聽會入耳，彼就是鼓勵行向前的原動力喔！

阿凱加油！你是老師心目中永遠的第一名喔！

第四輯　朋友情

絖夢的戀歌

　　秋風直直掃、溪水 khok　khok 流。一粒心予重擔著甲沉沉，一四界攏罩著烏陰，一个人慢慢仔行到碧潭邊的一間咖啡廳浸，點一杯 na-thé 一喙一喙沓沓仔啉。歲月悠悠，往事若雲遊，交換一幕一幕的喜樂哀愁。

　　攑頭眼著外面三个人影，雄雄傳來若玉仔敲著冰迵爾仔好聽的笑聲，個閣那唱那行，歌聲飄過來共我哄，予我共心中的糞坅一直摒[1]。

---

[1] 摒：音 piànn，打掃、清理。

看起來敢若攏袂少歲矣，哪閣有少年查某囡仔
的古錐佮快樂的心情（sim-tsiânn）？

　　當咧憢疑的時，個三人行入來矣，較細粒
子彼个查某囡仔雄雄叫出我的名。我隨應聲，
伊笑微微掠我看閣共我頕頭，我腦海中隨浮出
一个人影。欸！這敢毋是我大學的同窗阿惠仔？
著啦！我認著伊彼對活靈靈的目睭佮不止仔
迷人的眼神，面模仔嘛無啥改變，顛倒比學生
時代閣較活潑、閣較媠。店裡無啥人，這三个
查某囡仔揀上揜貼²的所在坐--落來，三人誠自
在佇遐顧唱歌、顧講笑，嘛無咧管別人，敢若
遮就是個家己的世界。我實在誠好玄，足想欲
徙去參個開講，足想欲黕著個的樂暢，毋過，
閣驚去拍斷個的話柄。這陣，tshāi 佇桌頂彼杯
苦苦的咖啡煞雄雄變甘甜，我足愛這馬遮爾仔
歡喜的氣氛嘛毋甘離開。後--來，個欲走的時，

---

² 揜貼：音 iap-thiap，較為隱密的地方。

阿惠仔共我講下昏暗[3]欲去阮兜揣我開講。

　　阿惠仔家己一个人來阮兜，仝款是微微仔笑。我問個是咧歡喜啥？伊應我講，個這馬逐工攏嘛把握機會咧絘夢製造快樂，個希望時間會當行較慢咧，閣講佇咖啡店予我搪著[4]的三个人是誠特別的老朋友。下面就是阿惠仔講個三个查某人的故事……。

　　79 年的某一工，某一个小學的辦公室，七个查某老師仝齊來報到，有幾若个是菜鳥仔。頭拄起，學校的同事有人看阮七个足軟洪，會刁工共歹扭搦[5]的穡頭擲予阮做。阮毋認輸就

---

[3] 下昏暗：音 e-hng-àm 又唸作 enn-hng-àm，合音唸作 ing-àm。

[4] 搪著：音 tīng-tio̍h，遇到，不期而遇。

[5] 扭搦：音 liú-la̍k，處理、掌管。

互相研究、互相幫贊，相楗[6]激頭腦認真拚，
教學的教案做伙寫、學生的問題做伙討論。代
誌若做無好勢就予人蹺敧[7]、代誌若做了傷好
閣會予人怨妒。阮逐家閣較有志氣，就按呢毋
管偌哩囉歹紡的代誌，攏處理甲誠周至，後--
來，全校的人對阮七个攏嘛誠佮意。

　　做伙奮鬥的七个人，落尾攏離開這間學校
矣，五个定定會聯絡的就按呢變成好朋友，時
時刻刻攏咧互相關心，有好的做伙享受、有困
難做伙分擔，到今數十年猶原全款。林老師佮
李老師的外家攏有種菜蔬，阮往往會食著正港
有機的菜蔬佮果子；陳老師的手藝好閣愛變食，
阮四常會食著起鼎燒的包仔佮饅頭；調去屏東
的蔡老師，年節仔轉--來就送一人一份伴手禮，

---

[6] 相楗：音 sio-kīng，互相支持、幫忙。

[7] 蹺敧：音 khiau-khi，挑剔。

實在足感心的。我定定咧想咧感謝，我的人生路因為有個，才會當行過拋荒閣行出繁華。

陳老師一直消瘦落肉，有一工閣雄雄拚血，去檢查才知影著癌矣！原本誠開朗、誠儼硬[8] 閣粗勇的查某人呢！哪會按呢？阮心中非常毋甘，足想欲變做鳥隻飛去佮伊睏仝籠，時時刻刻結相黏通照顧伊。做檢查阮去陪伊、蹛病院阮去看伊，甚至參伊過暝講過去拍拚奮鬥的歷史、講未來快樂旅遊的計畫。阮欲做伙到老，就是老到袂哺豆嘛欲手牽手去賞花、看草。

自伊聽著李泰祥的歌「自彼擺拄著妳」了後，伊規个人攏變矣！變甲規工沉迷佇「自彼擺拄著妳」伊毋但愛李泰祥的歌嘛愛伊的人。

---

[8] 儼硬：音 giám-ngē，堅強、硬朗、努力不認輸的個性。

仝一工仝一條歌聽十擺、一百擺都聽袂痟[9]，
伊變成心中蹛一个查某囡仔，真古錐、真活潑；
愛唱歌、愛迌迌，滿面春風四界拋拋走。

我佮林老師四常相招去陪伊，阮三人就按
呢定定鬥陣去唱歌，一條唱過一條，毋過較唱
就是彼幾條老歌，牛聲馬喉哀甲毋成調嘛毋願
煞，閣佇舞池跳恰恰，連鞭相踏、連鞭毋著跤，
宛然啉燒酒醉佇遐顛來倒去烏白踏，三人就誠
滿足、誠歡喜閣笑哈哈。原來自在是遮爾仔快
樂、幸福是遮爾仔簡單！

伊無意中佇公園搪著一个真勢唱歌的查
埔人，自彼擺了後，伊就定定向望會當閣拄著
彼个人，伊干焦想欲聽彼个人唱歌、講話爾爾，
抑是干焦徛佇遠遠的所在看彼个人就足滿足
矣。有一擺彼个人行倚來佮伊講話，伊煞緊張

---

[9] 痟：音 siān，疲倦、疲憊的樣子。

甲心肝強欲跳出來，一粒頭殼犁犁犁，兩蕊目睭毋知欲看 tueh，彼个人就共伊加『line』，伊敢若囡仔有糖仔通食遐爾仔歡喜，兩爿喙顊開出一蕊一蕊的蘋果花。自彼擺了後，伊手機仔不時提佇手裡戀戀仔等，恐驚會去落勾任何一通彼个人傳來的消息。日--時若等無『line』，伊就走去第一擺搪著彼个人的所在揣，當當雙人目睭相對相的時，伊閣夯勢甲講袂出話；暝--時若等無『line』，伊就食袂落飯、睏袂落眠，規暝佇眠床頂反來反去。只要一通『line』傳來，伊看了比食著愛睏藥仔閣較有效，連鞭就睏去。

　　我載伊佮林老師四界去遊山玩水，伊佇車頂若是清醒的時，就是唱歌唱袂煞，若無咧唱歌就是咧睏矣，完全袂記得家己身軀的病疼，「到位矣、到位矣」，落車又閣是一尾活龍走來走去。我揣佇南投桐林的同窗的，炁阮去南投信義鄉桐林社區，一个無偌濟人知影、無啥有人行跡到的秘密梅園看梅花。哇！實在是有

夠壯觀的呢！山坪頂有千株梅，牽手行過百外冬，橫斜交纏毋願放，日黃昏花影跳動、花芳飄送，毋知是花弄影，抑是阮予花影戲弄？阮足想欲倒佇梅欉下賞花、鼻花芳，一日一日等，足想等待結梅仔做梅酒，阮三人捧著三甕梅酒對飲，啉甲醉茫茫閣入夢。

聽講南投信義鄉草坪頭有誠濟種（ tsióng ）花，櫻花、梅花、李花、桃花攏開矣。阮三人和屏東的蔡老師個一家伙仔相約又閣去逐花矣！看著梅花的花瓣若雪飄飄然飛啊飛，雖罔誠嬌，毋過看著花瓣落--落去塗跤閣予人踣踏過，煞有淡薄仔淒涼閣不止仔毋甘。這時攑頭一看，有幾粒仔青青的梅仔已經探頭出來相借問，阮規个人予酸氣唌甲強欲流喉瀾。閣過去的路邊有一排櫻花開甲嬌噹噹，真正是看櫻花毋免去日本看喔！踏入一位較懸的駁岸[10]，彼

---

[10] 駁岸：音 poh-huānn，堤防、河堤或高地。

爿是一大片的茶園，這爿是開甲嬌嬌嬌的桃花，
滿山的紅，配著青翠的茶欉，實在是有夠迷人，
老朋友耍甲、歡喜甲攏袂記得家己幾歲矣！後
來看著雰霧罩著粉紅，若雨、若煙、若霧，浪
漫甲毋知家己是毋是咧遊仙境，抑是咧眠夢？
好心的阿伯共阮講有一欉李仔王真嬌，對小路
迌的石頭坎仔落去，我行石坎的時，踏無著坎
仔差一點仔就去予滑--落去，好佳哉是蔡老師
古錐伶俐的查某孫仔共我搝咧！阿妹仔就和
阮三人做伙去看李仔王，白白白的花開甲茂茂
茂[11]，毋但花嬌，枝骨嘛生甲誠大範，聽講李
仔王已經咧欲規百歲囉！

　　因為阮三人愈來愈離袂開，陳老師就講伊
欲做查埔，我和林老師兩個攏是伊的某，林老
師做大某，我是細姨。原本感覺礙虐礙虐[12]、

---

[11] 茂：音 ōm，這裡指紫藤花開得很繁盛的樣子。

[12] 礙虐：音 gāi-gio̍h，彆扭、不順，令人覺得不舒服。

歹勢歹勢，後來想講只是喙叫，只要伊歡喜，心情若快樂身體就健康，這哪有啥不可咧！

有一工我佇面冊看著嘉義「梅山汗路文化觀光季」的徵文消息，只要共浪漫的愛情故事寫去參加，有五對愛人會入選，若入選就會當接受招待，免費坐戀愛巴士去瑞里賞花看紫藤。瑞里是阮三個上愛的所在，閣有上愛的紫藤呢！就想講罔寫看覓咧，寫阮三個查某人的故事，有也好、無也罷，若有入選算是抾著的啦！寄出去了阮就等啊等、望啊望，想袂到有一工主辦單位敲電話來，毋但講我寫的故事足感動人，閣祝福『我的他』身體健康。入選囉！入選囉！阮攏足歡喜的，歡喜會當參加遮爾仔浪漫的活動，毋過干焦會使兩个人參加，實在是真可惜，大某只好留咧顧厝紩夢。

彼早起透早，阮對故鄉坐高鐵來到嘉義等遊覽車，看著一對一對的愛人仔攏是郎才女貌的少年仔，連服務的兩个人嘛是緣投的少年家

佮青春的嬌姑娘，干焦阮兩个人參人上無仝，逐家的目睭攏掠阮金金相，心中定著想講：哪會是兩个老查某人？『我的他』共我牽咧，阮做伙踏起去新點點的遊覽車。哇！車體是像寶石遐爾高貴的藍色，坐椅是充滿浪漫、神祕的紫色，阮真正坐上戀愛巴士欲來去談戀愛囉！

　第一站先來到舊名叫鹿麻產的舊驛頭歇睏，逐對愛人仔攏手牽手去行懷念的鐵枝路，一手摸過來、一手摸過去，兩个佇遐扭來扭去、笑來笑去。我佮『我的他』雖罔翕幾若張恩愛，閣予人催叫幾若擺嘛猶毋願走。紲落來到客家文物館，內面的木屐逐家上佮意，有 hinoki 做的嘛有樟木做的，穿起來輕鬆又閣高雅。阮會當佇遐試穿一雙幾若千箍的木屐就非常滿足。

　導遊炁阮來到竹崎的親水公園，叫逐家揣黃色的雞髻花，揣著賞茶葉一包。雞髻花攏嘛紅的，哪有黃的？後--來誠實予上幼齒的彼對

愛人仔揣著彼欉黃雞髻花呢！閣來就沿路行天空步道沿路翕像，逐對愛人仔攏敢若六月的火燒埔熱怫怫，閣較毋驚赤焱焱的日頭曝。

遊覽車載阮對 166 縣道行，山路彎彎斡斡害我強欲眩車，『我的他』趕緊提薄荷條共我抹，伊真正是一個體貼的愛人仔喔！我提神醒腦了，才看著外口的景緻誠實有夠媠的。無一觸久仔來到龍山國小的金獅分校，逐家落車揣便所。導遊講：若是天清的時遮會當看著遠遠的獨立山，閣會當看著阿里山的森林小火車咧蜷獨立山，踅三輾 peh 山的特殊景觀。就佇這個時陣，遠遠的青翠中真正有紅紅的火車沓沓仔咧蜷山，逐家若囡仔就佇遐等火車閣喝「火車、火車」，真正看著火車蜷山蜷三擺喔！

遊覽車沿那駛逐家沿那開講，路邊有開甲誠媠的虎頭蘭，近山、遠山一坵一坵的茶園吹送茶芳，清涼的風、甜物物的人，一對一對攏茫茫。導遊雄雄喝講：「落車食飯囉」，『我

的他』嚇醒，逐家寬寬仔落車，看著飯店邊仔
有足嬌的紫藤花，對樹頂的棚仔津--落來編一
葩一葩的愛情夢，逐家攏醉囉！

　　腥臊的中晝頓食煞，導遊欲教逐家做子仔
[13]，伊講：「子仔的名是有故事的喔！敢有人欲
聽？」逐家若囡仔咧，聽著講故事攏緊圍倚來。
伊閣繼續講：「子仔就是薁蕘[14]的子洗出來的，
洗的過程中愛用手搙[15]，有人就共這項物叫做
子仔，嘛有人叫做愛玉。」喔，原來如此！逐
家共薁蕘的子洗好囥堅凍了閣囥糖水，按呢就
完成矣，一人捧一碗。愛人仔相飼食的司奶、
甘甜，你一喙我一喙，一世人攏袂放袂記得。
逐家趕緊牽愛人仔出來和紫藤翁相留做紀念。

---

[13] 子仔：音 tsí-á，愛玉。

[14] 薁蕘：音 ò-giô，愛玉子、愛玉。

[15] 搙：音 jio̍k/lio̍k，用手搓揉物品。

有一个嬌姑娘仔鬏佇緣投仔桑的胸坎，翕一張
閣一張，甜蜜的情景毋知迷倒偌濟人咧！翕團
體相片的時，阮兩人提著的牌仔是「紫色浪漫、
幸福藤雲」，啊！現此時的阮，真正攏予紫色
的浪漫圍咧，心魂攏飛去雲頂享受幸福囉！

　哇！路邊閣有愈茂愈大葩足濟足濟的紫
藤喔！原來瑞里一四界攏有種紫藤，真正嬌甲
敢若紫藤仙境呢！這馬花開正當時，逐對愛人
仔攏嘛去予花迷去，當咧啉著熱戀的甘甜。

　轉來的中途來到文峰遊客中心，導遊泡茶
予逐家啉，『我的他』先撙一杯予我，我若啉
著天頂的甘露強欲醉。導遊的頭家請逐家食梅
仔，隨閣加一味戀愛的滋味，酸甘甜啊酸甘甜，
這敢毋就是阮這馬的心情！坐著戀愛巴士轉
來到嘉義的高鐵，逐家依依難捨說再會！『我
的他』經過一工的奔波走傱已經誠忝囉，我寬
寬仔焄伊去坐高鐵轉來故鄉。

　『我的他』愛看花，為著欲予伊歡喜、為

著減少伊的病疼，我定定佮個去四界逐花、賞花。五月雪當咧開彼時，阮三人參人坐遊覽車去苗栗看油桐花。伊歡喜甲共我攬牢牢，煞害大某佇邊仔食醋閣假哭，三人就笑甲若囡仔咧鬧，心情歡喜壓力攏齊敨。

* * * * *

阿惠仔講的故事就到遮，個的愛情若天星佇烏暗中掜，性命的活力光顯顯，愛情的力量真正予人袂記得病疼、予人快樂勇敢向前行。我嘛希望逐家攏會當佮個仝款揣著意愛的人、行著戀愛的路，永遠酸甘甜仔酸甘甜！

備註：

我：　第一人稱單數代名詞。指自己一人。

阮：　1. 我們。第一人稱複數代名詞。

2. 我。第一人稱單數代名詞。

在這篇文章裡大部分是用來指第 1 種複

數的我們。

啉咖啡

　　啉茶佮啉咖啡是一種藝術，就愛先學會曉鼻芳味，閣來是弄含佇喉底的芳氣，紲落是享受落喉了的回甘……，遮爾仔幼秀的代誌，毋是遮爾仔頇顢[1]的我撙節會好勢的！

　　會記得第一擺啉咖啡，阮予拄衝懸的芳味迷去，袂輸驚會去予人搶走，就一大喙共伊灌落喉。彼暝失眠才知影阮啉咖啡會睏袂去，後來就無啥敢閣再啉囉！

[1] 頇顢：音 hân-bān，形容人愚笨、遲鈍、笨拙、沒有才能。

　　一寡老朋友相招欲做伙去啉咖啡，袂堪得人唌，阮嘛是答應欲綴人去。早起傷晏起來煮早頓，糜傷燒無掛得食，想講去到咖啡廳，哪會去予家己枵著！

　　咖啡廳的人客不止仔濟，阮望啊望、等啊等，等無物件通食，干焦等著一杯一杯的白滾水。嘛好！就加啉幾杯仔小止飢一下，啉甲腹肚若水櫃，走便所轉來，想講阮張等[2]的雞卵糕、手工餅佮咖啡，這陣應該囥佇桌頂矣。啥？閣猶袂送來！

　　腹肚一直咧哭枵，規氣閣叫幾粒仔肉包，店長講：「彼是囥佇冷凍庫的愛先提出來予退冰，才閣慢慢仔炊予燒，愛沓沓仔等喔。」阿娘喂！是愛閣等到底當時？寧可莫！

　　逐家若像廳頭的佇遐 khok-khok 等，無聊

---

[2] 張等：音 tng-tán，等候。

就加減開講，逐家大舌閣興喋、那喋那等，時
間誠緊就過去，雞卵糕、手工餅佮咖啡攏送來
矣！朋友講食起來嘛如此如此爾，無像人風聲
嗙影的遐爾仔好食。毋過，清靡張枵人，阮腹
肚枵甲一喙一喙一直食、一直啉，煞毋知啥滋
味就食甲清氣溜溜矣，連咖啡嘛一滴就無予伊
拍損去。

　　雄雄 phiak 一聲，有人喝跳電矣！無電火、
無冷氣，後--來干焦[3]有人的燒氣，逐家是熱甲
強欲著痧，咖啡廳一睏仔就走甲無啥人。阮幾
个老歲仔欲學少年仔來咖啡廳享受，毋但跳電
閣食無飽，後來就去路邊擔仔食碗粿，逐家食
甲歡喜粉粉，欲暗仔閣去公園散步。

　　下暗倒佇眠床頂，想講今仔日傱規工，定

---

[3] 干焦：音 kan-na 又唸作 kan-tann、kan-ta，只有、僅
　　僅。

著會較好睏，毋過，煞反來反去睏袂去，時鐘
『滴答、滴答』叫甲誠大聲，翻點矣目睭猶閣
金 khok-khok？今就慘、今就害！3 點、4 點矣
猶閣咧顧更，到底是為啥代？較想嘛想毋知。

　　啊！有矣，阮啉茶佮啉咖啡攏睏袂去，昨
昏[4]去咖啡廳啉咖啡，免講嘛就愛顧更。

---

[4] 昨昏：音 tsa-hng，又唸作 tsǎh-hng，合音唸作 tsǎng，
　　昨天。

第五輯　有情

走揣心靈的世界

鬧鐘仔鈃的時，拄好四點，這陣，天猶未光，逐家共昨下昏暗攢好勢的釣魚箱仔，扛起去車頂，駛車欲去箔仔寮的海釣場釣魚。

清芳的風噯著阮的喙頓，阮歕一喙誠大喙的空氣，規个人攏齊輕鬆--起來。

規路攏無人，干焦看著無聲無說的幾台仔車佇路哩咧走，天拍殕光的時，拄拄仔好是五點，掠準講阮是第一个來到海釣場的人，想袂到毋但袂少人，好位閣攏予人佔了了囉，人講：早起來的鳥仔

有蟲通食，我看是：較早到的人有好位通占，姑不而將阮只好揣一个逐家較無愛，較向日的所在，阿兄講：「小等咧日頭若猛，逐家目睭就擘袂金囉！」阿爸講：「無要緊啦！遮熱罔熱，毋過，日頭拄拄仔出來的時，魚仔較會咬釣。」阿兄提出蝦仔囤，鉤佇魚釣仔，才閣共釣魚仔線拋--出去，恬恬仔坐落來等魚仔上釣。

　　時間猶遐爾仔早，應該會當看著日頭出來才著，阮坐佇魚池仔邊，目睭攏毋敢瞌，一直斟酌看東爿遠遠遠的所在，目睭仔隨看著有淡薄仔紅色的、柔軟的光，慢慢仔對塗跤照--起來，無偌久，天寬寬仔光矣，連鞭仔，紅色的光變做金黃色的，一時仔，日頭浮出來囉！日頭射出白色的光芒，予規个天攏齊光--起來。就敢若日頭伸出雙手，共大地攬佇胸前，予人感覺誠溫暖，哇！誠實有夠嬌的呢！想袂到，阮毋免去阿里山嘛毋免去墾丁，就會使佇遮看著遐爾仔嬌的日出囉！

　　阿兄叫阮攑一枝魚釣仔罔釣魚。記持中，細漢的阮捌佮阿爸去曾文水庫的後山釣魚仔。毋過，阮已經誠久誠久無釣魚囉，所以手攑魚釣仔感覺誠重，袂輸啉酒醉徛袂在，魚釣仔佇遐幌來閣幌去。阿兄教阮共魚釣仔靠[1]佇土插仔頂懸，才閣用手沓沓仔共伊扶咧就好，阮目睭攏毋敢瞌一下，金金相魚釣仔，過足久足久，敢若有人咧共阮搝魚釣仔，愈搝愈大力、愈搝愈大力，阿爸講：「咬釣矣！魚仔咬釣矣！」阮緊共魚釣仔搝--起來，哇！看著一隻足大隻，閣有黃色魚尾叉的魚仔上釣囉！阮心內有夠歡喜的，欲共魚仔搝--起來彼時，魚釣仔煞無細膩去鉤著岸邊的網仔，這陣，阮目睭金金看上釣的魚仔去予伊走去，誠實有夠毋甘、有夠無彩的啦！阿兄講：「你拄仔釣著的彼尾魚仔是赤鯮。」「彼是赤鯮喔？我叫是盤仔魚咧！」

---

[1] 靠：音 khuà，擱置、放在。

「這 2 種魚仔生做欲仝欲仝啦！」

　　阮閣釣足久足久的，攏無釣著魚，阿爸講釣魚愛有技術，技術靠經驗；釣魚愛有耐心，耐心靠訓練。阮無技術，毋過阮有耐心，就按呢一直等--落去，等到尾仔，阮誠實釣著一尾「烏格」，阮歡喜甲大聲叫阿爸來看，阿爸嘛呵咾阮誠勢。阿兄寬寬仔共魚鉤仔拔--落來，才閣共魚仔园入去水桶仔內底，毋過，阮看著魚仔目睭掠我金金相，喙顊邊閣有淡薄仔血珠仔，予阮看著心若刀咧割，『我不殺伯仁，伯仁卻因我而死』，想到遮，阮抱著贖罪的心，雙手共魚仔捀--起來，才閣輕輕仔园入去水池仔放生，希望伊緊去揣一个較安全的所在覕--起來，毋通閣去予人釣著。阮共阿爸講：「魚仔活跳跳佇水裡自由自在泅來泅去，煞予咱釣甲流血流滴，實在誠毋甘。」

　　阿爸佮阿兄看阮毋但無笑容閣面憂面結，逐家自按呢無心情閣釣魚，就家私[2]頭仔收收款款咧，轉來厝歇睏，我的心一直攏袂清就閣去華山。

　　見若心情鬱卒，阮就想著華山，毋管心情偌爾穩，只要來到華山，阮就規个人齊輕鬆--起來。

　　遮是一个民風純樸的農業庄頭，遮嘛是一个景色秀麗的好所在，華山阮去過幾若擺，逐擺攏是暗時仔來看夜景。毋過，這擺是心情穩來遮揣消敨的，所致半晡仔就來到華山矣，阮先去行「咖啡步道」，步道兩爿種兩排咖啡樹，開細細蕊人看袂啥上目的白花，行倚鼻看覓，白花無啥會芳，毋過，想袂到煮好的咖啡煞芳

---

[2] 家私：音 ke-si，工具或道具，具有一定功能的工具。

甲遨爾仔唌--人[3]。佇另外彼爿的咖啡步道，不時傳來一陣一陣迷人的清芳，喔！原來是開細細蕊仔黃白色的桂花，莫怪會有人共桂花挽入蠓罩內製造愛情的氣氛。路邊的野花誠濟誠濟，馬櫻丹嘛毋認輸，真濟色彩遮一欉、遐一欉開甲萬紫千紅，占著真大的地盤。

彎一个斡阮行來到「文學步道」，隨看著濟濟的台語字妝娗[4]佇塗跤，象形、指事、會意、形聲的字攏有，個的用字誠趣味，予阮閣較感動的是，阮看著在地人對本土的用心，本土的文化佇遮定根、佇遮傳承--落去。

當咖啡扙著文學就更加浪漫、更加有氣質囉！步道中山林景致優美，坐落來溪仔墘啉一杯迷人的咖啡、聽溪水佮鳥仔相爭唱歌、看尾

---

[3] 唌--人：音 siânn--lâng，誘人。引誘別人。

[4] 妝娗：音 tsng-thānn，化妝、打扮。

蝶仔佮田嬰比賽跳舞，欣賞著宋澤萊老師的
「入冬了後」、羊牧老師的「農夫阿爸」，這陣
真正感受著心靈的洗禮，嘛享受著大自然的美
妙佮人世間的和諧，遮真正是足嬌足媠的享
受。

紲落阮行上山路，看著遠山疊⁵近山，一
重閣一重，重重疊疊，茶樹一坵閣一坵，敢若
樓梯，菁仔欉像憲兵一个仔一个徛佇山邊顧路，
鳳梨戴帽仔對阮文文仔笑，柳丁樹頂，結甲纍
纍的柳丁，一直共阮捽手。這陣，山風雄雄吹
--過來，親像熱--人洗冰水，有影是透心涼。

日頭掛佇西爿的天邊，四箍輾轉的雲，予
日頭光照甲金光閃閃，有白的、有黃的、有紅
的，金金的雲敢若金魚的魚鱗片，一片仔一片
鋪佇天邊，講偌爾仔媠就有偌爾仔媠。

---

⁵ 疊：音 thah，堆聚、累積成一層一層的。

　　日頭的光線沓沓仔暗--落來，日頭沓沓仔
落--落去，日頭愈來愈細粒，色水嘛愈來愈紅，
紲--落去，日頭煞去予雲罩著，頭拄起罩一寡
仔，閣來，干焦賭半粒爾爾，閣一睏仔，日頭
就按呢沓沓仔覕入去雲裡，天邊賭一寡仔，日
頭對雲裡射出來的光線，無偌久，天頂的雲母
是紅的就是烏的，抑無就是紅透烏的，敢若紅
寶石，閣敢若紅龍的魚鱗。閣一下仔，紅雲愈
來愈少，烏雲愈來愈濟，天頂親像貼一塊真大
塊的烏絨仔布，烏絨仔布破幾若空，逐空攏去
予紅墨水點[6]著，閣來，日頭規个覕起來，連
光線嘛看袂著，天就按呢攏總暗--落來囉！

　　今仔日的華山，雲、霧霧佮水氣有較厚，
看袂著天頂的天星，毋過，有誠婿誠婿的燈海。
一排一排黃色大葩的燈火，敢若衛兵仝款，顧

---

[6] 點：音 tòo，染、傳染。

佇遠遠的山頭，四箍圍仔零零星星[7]白色細葩
的燈火，敢若散兵仝款，堅守崗位，個嘛敢若
烏暗中的蠟燭火，共你我照路，予咱行光明的
大路。閣較細葩的電火珠仔掛佇樹仔頂，閃閃
爍爍，看起來親像天星遐爾嬌。阮坐佇樹仔跤
賞夜景，看近山、看遠山，西爿是「南二高」、
西北爿是「古坑休息站」、北爿是「劍湖山世
界」，四箍圍的景色攏佇目睭前，規个夜景實
在太嬌囉，就親像吸石仔共阮的目睭吸牢牢。
田蛤仔嘓嘓嘓唱出美妙的歌聲，烏龍佮蟬仔嘛
毋甘寂寞，趕緊來鬥鬧熱，tsih tsih tsih 唱袂
煞。風微微仔吹過來，七里香隨風飄送，軟一
喙七里香，不止仔芳、不止仔甘、不止仔迷人。

　　這陣，阮看著樹仔頂有一隻蜘蛛，伊咧無
閒吐絲牽線，伊爬--落來牽一條絲，閣爬--起
去牽一條絲，看伊爬懸爬低，來來去去，毋驚

---

[7] 零零星星：音 lân-lân-san-san，零數、零碎。

危險、毋驚艱苦，予阮想著一句話：「做雞著
筅，做人著反。」連小小的蜘蛛嘛仝款，為著
生活定定無閒甲大粒汗細粒汗，毋過，無閒嘛
是一種的幸福，為著理想嘛是就繼續拍拚落
去。

　人生像舞台，欲演啥物角色有時由不得家
己來安排，舞台的銀幕一幕一幕一直來。毋過，
演完一幕的時，毋通袂記得愛小歇--一睏仔，
彼毋但為著欲行閣較遠的路，嘛才袂錯過身軀
邊綺麗的景緻。滿園的花蕊為我開、滿山的森
林為我栽、滿天的雲彩為我來，我欲共跤步放
慢沓沓仔欣賞，來去走揣心靈的世界。

抾寶

　　庄跤有一間百年的老厝，幾若十冬攏放咧拋荒，毋但內面誠垃圾，連雜草嘛盤過牆圍仔，閣旋甲、竄甲規外口的水溝，見若落大雨就淹水，見若淹水里長就派人來清水溝。老厝主欲叫怪手來拆厝，伊雖罔誠毋甘，毋過老厝佮伊平老矣，無奈何嘛就做一个仔徹底的解決！

阿發仔聽人咧

講拆老厝這个消息,緊問朋友敢是真的?敢有影?欲拆厝彼工,伊共所有的代誌攏抔[1]咧,透早就傱來到現場,第一擺欲參[2]人來老厝拢寶。到位的時,想袂到有十外个老歲仔早就佇遐咧等矣!

老厝主徛佇簾簷跤[3],愣愣看對邊仔彼欉波羅蜜樹,量約仔兩樓懸,生足濟波羅蜜,遐的熟的攏去予膨鼠食一空一空,賰幾粒仔青的掛佇樹頂。後來伊叫人對厝裡搬一寡仔物件出來,有竹管的貓頭鳥、銅的吊鐘、紅豆杉的頂下桌、鹿角的薰吹、舊漉漉的鐵馬、生銑的針車、雕刻的紅眠床、修理鞋仔的鞋砧佮捽牛的牛捽仔。伊共徛佇面頭前遐的老歲仔講:「我

---

[1] 抔:音 phiann,隨便丟、扔,置之不理。

[2] 參:音 tsham,和、跟。

[3] 簾簷跤:音 nî-tsînn-kha,又叫砛簷跤,屋簷下。

留幾項仔較有紀念性的就好，猶遐的恁若有佮
意家己入去搬喔！」

逐家歡喜甲緊衝入去厝內，趁怪手猶未來，
那揣、那反、那搜，有破糊糊的椅仔、爛朽朽
的梳妝台佮一寡仔歹銅舊錫，老歲仔人揣著家
己佮意的，若拄著寶咧暢甲！有一个老阿伯扶
著一扇離離落落強欲開--開的窗仔，逐家緊共
伊鬥扞咧，伊就按呢勻勻仔是，寬寬仔共冗⁴去
的榫頭鬥入去。阿發仔行倚去弄喙花講：「三
八兄弟！咱老閬老，又閣會當生囝囉！」逐家
聽甲笑哈哈。

阿發仔共扶轉來的舊茶鈷提出來，用砂紙
磨磨鑢鑢整理理咧，看起來加真新嫣⁵。「哈哈！

---

⁴ 冗：音 līng，鬆、寬。形容東西、事物不緊或寬鬆
　的樣子。

⁵ 嫣：音 ian，漂亮、好看。

我真正生一个团矣！」本成想欲予孫仔提去學校辦的『跳蚤市場』賣，這陣，心肝頭煞一陣酸疼，袂輸毋甘共家己的团賣出去仝款，就按呢決定欲共舊茶鈷留落來。

往日仔若聽講有人欲拆厝、有人欲去扶物件，阿發仔就笑人倥歁[6]，講:「欲扶糞埽轉來鎮地是毋？」毋過自從佮人去庄跤的古厝扶著寶了後，伊煞誠興綴人出去扶古物，這馬毋但交著足濟新朋友嘛略略仔捌貨矣！

真正愛是金、無愛是塗，平平是古早物，有人會惜寶、有人會當做糞埽，遮的扶古物的人實在真厲害，會共人無愛的糞埽變做黃金喔！

---

[6] 倥歁：音 khong-khám，罵人呆傻、愚笨。

揹揹仔的囡仔兄囡仔姊

　　阿兄規工頭犁犁咧掰手機仔，後來綴人流行加入揹仔族[1]。有一工伊揹仔揹咧，騎鐵馬出去耍兩工，轉來就一直共我噦，講足好耍 eh！害我心內擽擽一直共阿母挈，共阿母吵講我嘛欲去試一个仔鹹洈，我欲做一個快樂的揹仔客。

　　阿母揣一个活動，叫做『小小背包客走讀嘉義』，阿母招表姊佮我

---

[1] 揹仔族：揹仔音 phāinn-á，背包。揹仔族就是背包族。

做伙報名，表姊就敢若我的大姊頭仔咧。

　　報到的時，老師分予逐家筆、簿仔、礦泉水佮揣仔，叫阮愛共物件下落去揣仔，表姊共我鬥相共閣提我的揣仔予我揣好勢。

　　老師焄逐家那行那講：這馬來到北門驛，若是欲去阿里山，就愛來遮坐阿里山小火車。我大聲唱 tu-tu tshiàng-tshiàng tu-tu-tshiàng！老師呵咾我誠勢。行啊行，行來到東市，老師講：「遮是嘉義的大菜市、大灶跤，遮有足濟南北貨佮山海產，嘉義叫諸羅山彼時，縣老爺的衙門嘛是佇遮喔！」

　　市仔鬧熱滾滾，老師焄逐家來看人佇現場拭潤餅皮、餞潤餅，閣買潤餅餞²予逐家食，我食一餞閣配一碗柴魚湯，腹度就飽 ti-tu 矣。老師閣共頭家買一包潤餅皮，講下暗欲變好料

---

² 潤餅餞：音 jūn-piánn-kauh，春捲。

的予逐家食。到底是啥好料的？逐家一直問、
一直臆，老師就是毋講，阮偷偷仔問老師，老
師講：「彼是祕密喔！」蝁來到水餃阿媽的擔
頭仔前，阿媽現場包水餃、煠水餃，閣一直叫
逐家食、食、食，袂輸共阮當做伊的孫仔仝款。

行到果子擔遐，頭家教逐家揀橅仔，講皮
莫傷青閣愛有芳氣。轉斡是魚販仔區，有足濟
種魚仔，老師指著一種魚尾紅紅的魚講彼叫做
鮸魚，閣講：「有錢食鮸，無錢免食。」阮毋
知啥意思，頭家講：「鮸魚誠好食，毋過價數
貴，若無錢抑是較儉的人是食袂起的喔！」閣
行看著賣蝦仔的阿伯挂好咧擘蝦仔，老師就共
伊買一包現擘的、上鮮的蝦仁。

行轉來到宿舍，老師講：「欲變好料的矣，
來！一人提一領潤餅皮，共切片的橅仔佮煠[3]

---

[3] 煠：音 sah，以白水煮。

熟的蝦仁餃做伙，變！變！變！變出一餃檨仔
蝦仁餃囉！」哇！有影有夠好食啦！檨仔誠芳、
蝦仁誠甜呢！

　　我是第一擺家己踮外口蹛暝，歡喜甲一直
佮人講話閣拍抐涼⁴，到老師講欲關大葩電火
矣，管家婆大姊頭仔叫我愛緊睏，我姑不而將
共目睭瞌瞌，後來才睏去喔！

　　第二工，老師𤆬阮逐家去食臺灣上衝的，
芳貢貢、貢貢芳的嘉義雞肉飯，實在是足好食
的，我一睏仔就㧣⁵2碗，紲落閣𤆬去蘭井街看
紅毛井，老師講：「這口井是荷蘭人挖的，荷
蘭人的頭毛是紅色的，後來的人就共這口井號
做紅毛井。」閣蹛來到城隍廟導覽，阮才知影
城隍廟是諸羅縣的知縣周鍾瑄家己捐錢起的，

---

⁴　拍抐涼：音 phah-lā-liâng，開扯、講風涼話。

⁵　㧣：音 kiat，吃掉、快速吞嚥。

阮對知縣周鍾瑄實在真佩服！城隍廟到今已經有 300 幾年的歷史矣，城隍廟嘛是咱的國定古蹟喔！老師講煞宣布今仔日的活動就到遮。啥？美麗的時間哪趨爾仔緊就欲結束矣！

　　兩工的行踏予阮足歡喜，閣愛著嘉義人的溫暖佮人情味，囡仔兄、囡仔姊逐家共揹仔揹咧四界去看，真正是足好耍閣捌足濟代誌的啦！

白白透粉紅粉紅的花

　　日落西山黃昏的時，我睏醒落來樓跤想欲
啉茶，遠遠看著桌頂敢若有一蕊白白透粉紅粉
紅的花，閣不止仔嬌！行倚一下看，哪會按呢？
啊！著啦！真正誠無頭神呢！

　　＊　＊　＊　＊　＊
＊

　　同事退休了攏去
種菜，種甲菜足嬌、
人足歡喜，真正予人
看著足煞心[1]，阮嘛真
想欲佮個仝款。退休
了就招同窗的做伙去

---

[1]　煞心：音 sannh-sim，渴望、盼望。

市民農場租地，講欲做伙種菜兼運動聽好[2]閣趁健康，後擺嘛會當食著有機無農藥的菜。

＊　＊　＊　＊　＊

會記著讀國小的時，老爸叫我攑一枝 iân-pit 予伊，講伊欲去菜園仔，我鉛筆攑來，看老爸那看那笑，老母隨去攑一枝沙挑出來講：「啊就顧讀冊，閣手不動三寶，哪知啥是菜園仔咧用的 iân-pit？」阮無意無意緊對阿爸笑一下。

阮兜雖罔捌種菜，毋過，厝裡鬥跤手的人誠濟，我真正毋捌種過，想袂到退休了，食老才出癖仔，開始想欲學人種菜。

馬志翔、魏德聖個進前佇嘉義拍電影『KANO』的所在，就是這馬阮欲去種菜的農

_____

2　聽好：音 thìng-hó，可以、得以、大可。

場，想講會當佇這个所在種菜，實在誠光榮。
想袂到一下到農場，--hannh？遮哪是農場！塗
跤哪會遐濟廢棄物？今就慘囉！按呢是欲按
怎種菜？

　　拄開始欲共一片拋荒的糞埽地開墾做菜
園來種菜，真正毋是遐爾仔簡單的代誌。代先
愛抾石頭仔、瓦柿仔、鐵釘仔閣愛挖塗、鬆塗，
遮的塗質真穩、有碇硞硞[3]，阮提黜仔[4]欲共塗挖
予鬆，毋過實在無法伊，後來投降，只好去倩
鐵牛仔先來犁過，人才綴咧後面抾、挖、佮整
理。干焦整理地就開五工 tah tah，害阮挖甲手
膨疱、彎甲腰痠背疼，就愛去予中醫師針灸，
予掠龍的按摩，掠甲哀爸叫母，真正是開錢閣
討皮疼。

---

[3] 　有碇硞硞：音 tīng-khok-khok，形容堅硬、強硬。

[4] 　黜仔：音 thuh-á，鏟子。

　　總算會使種作矣，緊共市仔買轉來的種子
掞落、菜栽種落，煞落來就愛沃水。遮無水道
水通用，毋過田頭有裝水抾仔[5]，逐家攏愛抾
水抾仔才有水通沃菜，水桶仔貯滇閣愛捾去沃，
抾一桶捾一桶、抾一桶捾一桶，我感覺逐工攏
咧做苦工，逐工艱苦甲攏愛去予人掠龍。阿姊
講：「退休毋好好仔享受清閒，閣掠一尾蟲佇
尻川攦。」哎！欲知，欲知都傷慢囉！嘛是就
牙齒根咬咧閣繼續拍拚種作。

　　奇怪！地都整理好才種菜的，哪會有草仔？
草仔咧發閣比菜較緊，只好逐工冗早半點鐘來
薅草。「欸，這幾欉是啥？」「哇，是白菜啦！」
「真正的呢！阮掖子的白菜發出來矣！」閣看
彼爿，種栽仔的高麗菜毋但有活閣較大欉矣喔！
看著菜一直媌起來，才發現這幾工較無去掠龍
佮針灸，進前的瘦疼沓沓仔較好矣。

---

[5] 水抾仔：音 tsuí-hiȧp-á，用手上下搖的抽水機。

白菜好種毋過驚生蟲，所致阮足謹慎，逐
工攏咧巡看有蟲無？講嘛奇怪，較早看著蟲攏
是驚甲哀哀叫，這馬看著蟲就想欲共伊掠起來，
若掠無著的暫時放生，橫直蟲食賰的菜才是予
人食的喔。過差不多 30 工彼跤兜[6]，白菜就會
使開始收成矣，第一擺食著家己種的菜，毋但
加真甜，食起來閣有一份的感動，害我強強欲
流目屎！

高麗菜嘛沓沓仔咧包矣，生甲誠嬌，看著
誠歡喜。毋過講起來誠見笑，阮袂堪得向腰又
閣開始痠疼，好佳哉有 2 位同窗的鬥相共，逐
工攏認真來沃水俗照顧。有一工阮來到地，看
高麗菜生甲、嬌甲若一蕊花咧，實在毋甘剒落
來食，同窗的講：「大夠在的高麗菜真甜，家
己種的足好食的，若無緊剒會結子，就會傷柯

---

[6] 跤兜：音 kha-tau，附近、左右。

[7]、傷老喔！」啥？青菜也會老？一睏頭剉三粒，和同窗的一人一粒。欲轉去的時，順紲斡去超級市場買鴨肉佮薑，閣買一支新菜刀，想著灶跤猶有麻油佮燒酒，著！下昏暗[8]就來煮薑母鴨，阮欲囥足濟家己種的高麗菜，好好仔慶祝今仔日的收成。

新菜刀真正足利，切高麗菜的時煞無細膩去切著手，好佳哉細細空仔爾爾！家己拭血，藥仔抹了閣用紗仔布纏纏咧，薑母鴨就囥佇電鍋煮，感覺人忝忝就走去睏矣！

桌頂這？啊！原來桌頂彼蕊白白透粉紅粉紅的花，就是我製作的啦！摸看覓，手無啥會疼，猶是來好好仔享受我的高麗菜薑母鴨

---

[7] 柯：音 kua，形容在品嚐蔬菜或瓜果時，有纖維粗糙的感覺。

[8] 下昏暗：合音唸作 ing-àm，今晚、今天晚上。

囉！

第六輯　真情

囝仔伴？青梅竹馬？

　　有一齣戲的劇情編排「大隻雞的朋友」，劇中有一條無形的情線，共兩个人對囝仔時代牽纏到大漢。有人講這就是「青梅竹馬」的故事，有人講細漢彼種純純的愛真甜蜜，嘛有人講遐久的代誌早就袂記得了了矣。你咧！敢有細漢時陣彼種誠純真的愛？

　　＊　＊　＊　＊　＊　＊

　　讀國校仔的時，毋捌代誌的查埔囝仔、查

某囡仔，攏嘛誠自然要做伙，偏偏仔到四年級
逐家就感覺足礙虐[1]。阮會佇桌頂的中央遐畫
一條界線，叫坐佇隔壁的查埔囡仔袂使共手伸
--過來。伊若無細膩捅[2]--過來，阮就會用紙細
細下仔共伊拍一下，表示處罰，伊毋但毋驚阮
閣笑笑仔講袂疼，嘛定定刁故意共手伸--過來，
敢若足愛予阮拍的款。啊若阮無張持捅--過去，
伊的喙會講無要緊啦！毋過伊的手會輕輕仔
共阮的手掰一下、huê 一下。毋知按怎，彼時，
我的手就敢若去予電電著，規个心噗噗跳、噗
噗跳，兩爿的耳仔閣一直燒起來。

　　雖罔按呢，桌頂嘛是堅持欲畫線、上課嘛
是堅持袂使捅--過來。後來下課的時，伊足愛
佮阮鬥陣耍，耍鑽仔、鉸刀、拳頭、紙，輸的

---

[1] 礙虐：音 gāi-giòh，彆扭、不順，令人覺得不舒服。

[2] 捅：音 thóng，超過、多出來。

人愛予人撽撽呧³，阮會問伊講：「你欲出啥物？」伊若講欲出紙，阮就出鉸刀；伊若講欲出拳頭，阮就出紙，免講逐擺攏嘛阮贏，伊就予阮撽甲佇塗跤軀⁴閣笑袂煞。

　　歇睏日，伊約阮去阮兜過去彼个埕尾迌迌，阮招阿珠仔做伙去。伊講欲耍『大風吹』，閣講干焦三个人傷少無好耍，伊欲去招兵買馬，一觸久仔就招足濟同學來矣！一陣囡仔嘻嘻嘩嘩，逐家為著欲佔位，搶甲吱吱叫，埕尾佮邊仔的防空壕就變成做阮這陣囡仔迌迌上好的所在。有一擺逐家欲耍娶新娘，伊叫阮做新娘、伊家己做新郎、阿珠仔做媒人婆仔，閣有人扛轎、拍鑼、拍鼓，場面足鬧熱！有人佇遐唸「新娘婿噹噹，褲底破一空」，嘛有人綴咧

---

³ 撽呧：音 ngiau-ti，用手指搔人腋下或腰部使人發癢。

⁴ 軀：音 nuà，倒在地上或床上翻滾。

唸「頭前開店窗，後壁賣米芳」，害阮佇遐見笑甲毋知欲覕去 tueh。

初中阮猶閣讀仝一間學校，有一工伊干焦約阮一个，阮來防空壕邊仔，伊講有足重要的話欲共阮講，伊走來的時大粒汗細粒汗滪滪滴，一个面結結做一虯若苦瓜咧，共阮講伊欲搬厝、欲轉學矣，毋知按怎，阮的心肝足艱苦，若像 phàng-kiàn[5] 啥物件咧，問伊底時才欲閣轉來？伊講：「月娘若閣像今仔日這時遮爾圓、遮爾光，我就會轉來揣你，你愛等我喔！再會！」

* * * * * *

月娘若閣遐圓、遐光，毋知經過偌濟歲月囉！中秋的月娘敢毋是上圓、上光的？伊哪會使騙阮？哪一直攏無轉來揣阮？

---

[5] phàng-kiàn：拍毋去的合音。

　　時間咧經過，江水流袂回，幾若十冬若咧
飛，有時會雄雄浮出伊的形影，浮出兩个咧笑
的酒窟仔，你這馬好無？

兩頓 tshinn 一頓 tsian 好命？

這馬是自由戀愛的時代，毋管筆友、網友抑是初見面的兩人若相拍電，根本就無需要人來做親情牽姻緣。

較早，咱攏聽過三人共五目，日後無長短跤話的婚姻故事。因為媒人婆仔一支喙糊瘰瘰，一个獨眼的姑娘煞嫁予一个跛跤的公子，二人知影了後欲後悔嘛袂赴矣！

阿鳳仔的爸母上驚查某囝嫁了食苦。講嫁予田園傷濟的翁，後擺會做--死；嫁予駛車的翁，紅衫穿一半，緊縒慢會守寡；嫁予緣投仔翁，驚歹照顧閣驚 愛佮人公家[1]翁；嫁予啞口仔翁，定定比來比去暗噁嚷毋理人。

---

[1] 公家：音 kong-ke，共有的。

阿鳳仔二十八歲猶未嫁，個老母急甲，央三託四叫人紹介。專門咧做媒人的寶珠姨仔來揣阿鳳仔的老母，講嫁予阿龍仔上好命，阿龍個兜無田園、無轎車，人閣生做穩猴穩猴誠安全，無臭耳人嘛毋是啞口。若嫁去遐，兩頓 tshinn 一頓 tsian 無問題，龍、鳳配閣佮寶珠去，定著會好命。

結婚了後，有一工阿鳳仔轉來歇熱煞毋轉去，講伊嫁了誠歹命。老母講：媒人毋是講兩頓 tshinn 一頓 tsian？兩頓攏有誠鮮的肉通食，閣一頓有煎魚仔通配，哪會偌歹命？

原來阿龍仔個兜家己無田園，毋過，無偌久進前，拄共人贌²一大片田咧種作，逐工雞未蹄都緊起來攢早頓，閣緊去田裡作穡，愛對天未光做到暗眠摸才入門。食早頓的時是猶有

---

² 贌：音 pȧk，包、租、承租田地。

看著天星，食中畫頓的時是佇日頭跤咧煎，工
課做到日頭落山、月娘出來，才正手攑鋤頭、
倒手牽水牛轉來，食暗頓的時是攑碗望對天，
天星又閣佇遐閃閃爍。

　　老母聽了怨嘆媒人婆仔無老實，家己嘛誠
自責，一个軟洪³的查某囡仔，哪有法度擔遐
爾仔重的擔頭。毋過後悔嘛袂赴矣，只好叫查
某囝愛認命、愛較巴結咧！老母入去提錢出來
講：「阿鳳仔，遮的錢你提去，欲用就有。」
原本阿鳳仔一直毋提，後--來，看著阿母目箍
紅、喉管滇才緊收--落來，日頭未曾落山，老
母就趕阿鳳仔緊轉--去。

　　阿鳳仔做查某囡仔的時，上愛徛佇窗仔邊
看天星。這馬嫁了未四點就愛起床煮早頓，伊
上安慰的就是好天，有當時仔會使那煮麋那看

---

³ 軟洪：音 nńg-tsiánn，個性較軟弱。

窗仔外的天星，伊就足歡喜。有一擺伊那煮番
薯糜那唱歌，共大家[4]吵醒，煞去予人罵甲欲
死。伊逐工透早起床，菜脯卵煎好才叫阿龍起
來食早頓，個翁仔某欲出門進前，阿鳳仔會先
貯兩碗泔湯圓佇桌頂予冷，較晏大家起來欲食，
大家會家己貯燒燒的番薯糜閣加冷冷的泔湯，
講按呢誠好食嘛才袂傷燒。

　　阿鳳仔的大家是庄仔內的一个才女，毋但
有讀冊，閣會曉刺繡佮畫圖，大家嫁的時閣有
佮查某嫺過來，查某嫺侍候小姐二十幾年才來
破病過身，後--來阿鳳仔的大官做生理失敗嘛
去做仙矣！

　　自從阿鳳仔嫁過來，伊毋捌看過大家做工
課，厝裡的大細項攏是阿鳳仔的，阿龍仔若欲

4　大家：音 ta-ke，婆婆。

鬥做，阿鳳仔就去予大家用話蹧躂⁵，毋但按
呢，阿鳳仔閣愛去做田裡的穡頭，做甲腰痠背
疼嘛毋敢講，好佳哉！後頭的老母予伊幾若罐
虎標萬金油，若佗位痠疼就提起來抹抹、推推
咧。

阿鳳仔拄嫁來的時，大家誠威嚴，干焦會
開喙派工課，阿鳳仔毋敢主動佮大家講話。一
冬、兩冬、三冬攏過去矣，阿鳳仔想欲改變氣
氛，有時主動去佮大家講話，大家毋是共當作
馬耳東風毋插伊，無著干焦共伊應一字 hngh！
阿鳳仔嘛慣勢慣勢誠認命，毋敢閣講半聲，想
講大家是才女，凡勢前世人，家己就是大家的
查某嫺嘛無的確，前世人侍候無夠、這世人就
愛侍候來鬥。

阿龍仔佮阿鳳仔田裡的穡頭誠綿爛做，田

---

⁵ 蹧躂：音 tsau-that，用言語或行動侮辱對待。

就沓沓仔一塊仔一塊一直蓄[6]，田園愈濟是做
甲愈拚勢、愈忝頭，有一塊田就愛行過吊橋才
會到，阿鳳仔上驚行吊橋會搖搖幌幌，為著欲
種作無行過嘛袂使，逐擺過吊橋攏驚甲心臟強
欲跳出來，行甲跤底一直撨[7]起來嘛著忍耐。
親情朋友看甲誠毋甘，講阿鳳仔是臺灣的「阿
信」，嘛有人講伊
比阿信閣較儼硬
喔！阿鳳仔規身
軀是艱苦毋敢哀，
毋過若想著阿龍
仔對伊猶袂穩，心
肝內就酸甘甜仔
酸甘甜。人攏講阿
鳳仔好女德，若換

6　蓄：音 hak，購置較大、金額較高的財產。

7　撨：音 ngiau，搔癢。

作別人，早就走敢若飛咧！

　　阿鳳仔是一个誠溫柔，講話輕聲細說閣笑微微的人，未嫁進前嘛是爸母的掌上明珠，嫁了也著內、也著外，逐日的工課攏做袂煞，一日總睏才四點鐘。阿鳳仔進前若叫大家「阿母」，大家攏定定無聽著，若是叫「才女」大家攏有聽著，所致後來阿鳳仔決定攏欲叫大家「才女」、叫阿龍仔「老闆」。若是日時佇厝，飯菜煮好，愛先請才女佮老闆食飯，等個食飽了，阿鳳仔佮囡仔才會使上桌食飯。人講阿鳳仔連食飯就袂使佮大家、翁婿仝桌，是干焦咧做歹命的喔？伊攏應講：「也無枵過，囡仔含[8]咧含咧就大漢矣！」

　　佇這間厝攏無人大細聲講話，干焦有當時仔會聽著阿龍仔共個老母講一寡仔沓沓滴滴

---

[8] 含：音 kânn，帶著、帶在身邊。

的代誌，母仔囝的對話，阿鳳仔無閒工通聽，
若扶好聽著嘛毋敢表示家己的意見。有一擺咧
欲母親節矣，阿鳳仔雄雄攑頭，看著壁頂貼一
張「模範母親」的獎狀。阿龍仔講：「咱這馬
家己的田園愈來愈濟，攏是阿母勢管教序細，
今仔日母親節，獎狀是里長扶才送來的，傍⁹阿
母的福氣，我來去買一个雞卵糕，逐家做伙來
共阿母慶祝母親節，予伊身體健康食百二。」

　　阿鳳仔的兩个囝仔開始讀冊矣，誠乖巧嘛
誠勢讀冊，見考試就提獎狀轉來，阿龍仔就共
獎狀貼佇「模範母親」的邊仔。有一擺兩个囝
仔去參加扶輪社舉辦的台語講古比賽，一个提
著第一名、一个提著第二名，阿龍仔就隨閣共
獎狀貼--起去。爸爸節進前三工，里長閣提一
張「模範父親」的獎狀來，阿龍仔誠歡喜共囝
仔講：「阿爸嘛有獎狀呢！」紲落嘛共獎狀貼

---

⁹ 傍：音 pn̄g，依靠、依附、託附。

連做伙。

隔轉冬的母親節，里長又提一張「模範母親」的獎狀來，講是阿鳳仔的，阿鳳仔歹勢歹勢講：「我……我也有獎狀喔？我無做啥啊！哪也有獎狀？」里長講：「你做誠濟，嘛共囡仔教甲足好！」

厝裡的客廳，原本掛幾若幅大家繡的佮畫的圖，若有人客來看著閣問起，阿鳳仔會焄個去裡面見大家，大家就足歡喜出來佮人客開講閣講幾句仔話。後--來，客廳閣貼足濟足濟獎狀，這馬規个壁堵除了足濟圖，就是貼甲滿滿滿的獎狀。

四个囡仔攏大漢嫁娶閣生囝矣，阿鳳仔佮阿龍仔全款咧作穡，阿鳳仔的大家全款佇繡房挑花刺繡佮畫圖。生活的方式無改變，改變的是作穡的面積有減少，阿鳳仔講：「老矣，較無力頭囉，一寡仔租予別人去做喔！」

　　有一工，阿龍仔對外口轉來，突然講伊欲
去參選里長，阿鳳仔叫是伊清彩講講咧，哪知
是真的！閣講明仔載就欲去登記矣。毋管阿鳳
仔按怎講，毋管親情朋友按怎勸，阿龍仔攏聽
袂入耳，大、細漢四个囝，六个孫攏總轉來厝，
逐家一直共伊苦勸都無效，伊彼个才女老母講：
「人講選舉無師傅，用錢買就有，無啊！咱兜
是有偌濟冗剩錢，通予你提出來按呢掖？」阿
龍仔講伊袂開啥錢，伊欲靠家己的熱心服務來
參選。阿鳳仔知影若無予翁婿去參選，翁婿後
擺一定會有遺憾，所致牙齒根咬咧，就是恁嘛
一定愛伨到底。

　　日時阿鳳仔佮阿龍仔逐口灶去拜票，有喙
講甲無瀾兼梢聲，兩支跤行甲若鼓槌嘛毋敢歇。
暗時阿鳳仔設計海報、做旗仔、敲電話拜票兼
做葵扇通送人。逐項代誌攏家己來，閣就佮阿
龍仔研究欲按怎摸票。這擺個這區竟然有四个
人出來參選里長，若欲選牢，真正是阿婆仔生
囝，誠拚咧！這予平常時仔誠好性的阿龍仔煞

變性，定定急甲強欲發性地，好佳哉阿鳳仔太溫柔、太好性咧！

選舉彼日，阿龍仔先焄才女老母去頓票，轉來才換阿鳳仔去，這一工，時間過甲特別慢，壁頂的時鐘滴答滴一秒一秒沓沓仔行過，一家伙仔人攏無人咧講話，袂輸逐家攏佇戰場遐爾仔緊張。

選了報票矣，阿龍仔得著的票數排第二名，煞落選，阿鳳仔共伊安慰講：「雖罔選無牢，毋過你猶贏兩个人咧，誠勢喔！」才女老母講：「閒閒人毋做，就舞舞遐的有空無榫的，今，甘願矣乎！」選舉就若一陣風一下仔就過，毋過阿龍仔心中的疼原在。

若是勞工六十五歲就愛退休矣，毋過 阿鳳仔講家己未嫁進前是阿娘仔命，嫁了是勞碌命。閣講伊愈做、身體愈勇健，雖罔六十五歲矣猶毋甘退休咧！

　　阿鳳仔這馬嘛是兩頓 tshinn 一頓 tsian 咧過日子，逐日都天猶未光，天星猶未轉，就去田裡做工課，伊講趁早較袂熱啦！暗時天星出來的時才食飯，食飽隨去公園做運動，人咧食中晝頓的時，就是孫仔放學的時陣，伊佇日頭跤煎行路去學校焄孫仔，沿路曝日沿路牽孫仔行，唱歌弄曲歡歡喜喜做伙轉來厝囉！

臺灣製造

你 enjin uì 日本來，handoru 德國來。玻璃 uì 南非來，阿拉伯石油來。塑膠是漳州做，車體 uì 美國買。攏予咱濫濫做伙，heh-siò heh-siò……，每台攏是臺灣製造、臺灣製造。

見擺若聽著伍百咧唱這首歌，就予我想著用 30 外冬的大同電鍋，彼个阮兜上老的物件就是正港的臺灣製造。

頂日仔阿雯仔講個大兄去金門迌迌，知影伊定定遮瘦、遐疼，就專工買一罐一條根送予伊。阿雯仔佇盒仔斟酌揣誠久，才揣著製造一條根的工廠，原來是佇

臺灣彰化的田中，毋免坐飛行機、毋免坐船就
買會著。

　　舊年阮和同學去金門遊覽四界迌迌，阮遮
的歐巴桑想講菜市仔的物件俗閣鮮閣好食，就
去𨑨菜市仔食好料的，順紲問一个菜販仔，金
門出名的菜刀、一條根佮麵線，是佗一間店賣
的上好？好心的頭家娘問阮對佗位來？知影
逐家是臺灣人，伊叫阮毋通擔柴入內山，因為
金門的一條根佮菜刀攏是臺灣製造閣運過去
的喔！

　　其實咱臺灣製造的物件，毋但佇臺灣頂港
有名聲、下港有出名，伊嘛衝對外國去閣衝甲
掠袂牢。咱的紡織業 uí 較早阿媽做被單的紅花
仔布，到這馬每年出口 110 億美金，排全世界
第五名。全世界五大品牌的服裝有 80%是臺
灣布料、全世界消防衫有一半是臺灣的布料、
全世界機能性的布料臺灣佔 70%；美國的瑜
珈衫嘛有 80%攏是臺灣的布料製造的。3c 半

導體晶圓、半導體元件，運動的羽毛球、跤踏車、跤球佮足濟運動的器具攏是臺灣製造的上有名。

臺灣阿媽佇 1952 年得著冠軍以後，喔！伊毋是庄跤的阿媽，伊是臺灣的蝴蝶蘭啦！蝴蝶蘭生甲誠優雅，佇蘭科的家族予人稱作「蘭花之后」，咱臺灣這馬是全世界上大的蘭花外銷國喔！螺絲、遊艇、珍珠奶茶、水上的 ootobai……等，足濟足濟臺灣製造的物件，攏是咱臺灣人的驕傲。

有誠濟國外進口來的食的、用的、穿的，攏經過人一製再製，價數就翻幾若倍，咱遮的臺灣俗排隊排甲躼躼長嘛誠歡喜。尤其是少年人誠奇怪，講著趁無錢，毋過若是買外國物的開錢代，個攏俗比別人閣較快。

　　喙講愛臺灣，買物就品[1]進口貨。外國的月娘無影較圓、外國的物件無影較嬌，買了若毋是提甲重橫橫[2]就是了運金，無就品質穤，若買了無佮意欲換，有時是了錢消災，有時了錢猶閣袂煞代。哎！錢若欲予別人趁，不如予咱臺灣人趁，臺灣製作的物猶是較實在啦！

---

[1] 品：音 phín，誇耀、吹捧。

[2] 重橫橫：音 tāng huâinn huâinn，形容非常重。

葀菜市仔

今仔日禮拜，小明原本是想欲睏予飽飽飽，想袂到猶未去予日頭曝著尻川，就去予窗仔邊的鳥仔叫醒，伊精神了足想欲閣睏煞睏袂去，姑不而將目睭接接咧就起床。

老母炁小明來葀菜市仔，遮是嘉義上蓋大的東市。東市有人叫做「草市」，因為遮佇阿里山的山跤，山內的人會共家己種的果子、菜蔬、山產運落來，遮是上方便、

上大的第一个市集。東市嘛有人叫「兵仔市」，

因為附近有幾若个兵營，以前阿兵哥攏會來遮買菜。

市仔內的人誠濟，連相閃身就會唊[1]著，小明誠好玄，沿路行、沿路看、沿路鑽，老母先炁伊來一間六十年的老店，遮咧賣醬菜、罐頭、焦料，老母講：「頭家，我欲買老菜脯。」小明講：「啥？菜脯也有分老的、少年的喔！」頭家對甕仔搣[2]一搣物件出來，「看著矣！看著矣！原來老菜脯生做烏烏、焦焦閣脯脯喔！」頭家講：「老菜脯燉雞顧肺管閣誠好食。」小明隨應講：「hioh，原來是按呢喔！莫怪頂擺阮阿姑感冒的時，阿母燉老菜脯雞予伊食，食甲喉會振動、目睭會看人。」

幹入一條菜架仔的細條路，老母共一个姑

---

[1] 唊：音 kheh，擠。

[2] 搣：音 me/mi，用手抓一把。

娘買一把土白菜仔佮一把蕃薯葉仔，菜生做穩穩矣，姑娘生做嬌噹噹。老母講：「遮的青菜無下農藥，菜葉仔一寡分蟲食，雖然價數無較俗，毋過人食了較健康喔！」

行來到一棟百年歷史的 hinoki 大樓，雖罔舊舊矣，毋過誠整潔、誠通風，光線嘛誠好。老母行甲跤疲，佇一間豬肉砧頭前小停一下，少年頭家夯一條椅仔出來講：「阿桑，椅頭仔予你坐！」老母坐一觸久仔，欲走的時共頭家說謝閣買一塊腰內肉，頭家隨送一包肉皮。「莫啦！莫啦！」老母一直推[3]，頭家一直 tu，「好啦！好啦！炕炕滷滷食食咧，你的跤頭趺會較有力喔！」頭家真正足好禮閣親切。

哇！行來到芳貢貢的點心擔這區，實在誠豐沛呢！有金赫玉阿媽的煙腸佮秫米腸、有嘉

---

[3] 推：音 the，推辭。

義上傳統的滷熟肉佮筒仔米糕、有東市上濟人客的牛腹內佮羊肉湯，嘛有正港的楊桃汁佮八寶冰，小明看甲喙瀾滷滷津，老母隨買一條煙腸予伊食，毋是風聲嗙影的喔，確實是世界好食的啦！後來，老母閣買 2 碗八寶冰，裡底有大粒紅豆、細粒紅豆、綠豆、蓮子、薏仁、番薯、芋仔、粉粿閣加足濟礤冰，2 人坐落來沓沓仔食，食甲足滿足的。今仔日買一大堆物件閣食好料的，真正是大豐收喔。

小明講伊趁著矣，伊足歡喜今仔日誠早就起床，伊嘛足歡喜會使綴老母去蕹菜市仔喔！

國家圖書館出版品預行編目資料

真情99 / 韓滿著. -- 初版. -- 臺北市：前
衛，2019.04

面；　公分. -- (台語文學叢書；K113)

ISBN 978-957-801-878-5(平裝)

863.55　　　　　　　　　108005523

真情99

作　　者　韓　滿
責任編輯　董育儒
封面設計　李偉涵
出　版　者　前衛出版社
　　　　　10468 台北市中山區農安街153號4F之3
　　　　　Tel：02-25865708　Fax：02-25863758
　　　　　郵撥帳號：05625551
　　　　　e-mail：a4791@ms15.hinet.net
　　　　　http://www.avanguard.com.tw
出版總監　林文欽
法律顧問　南國春秋法律事務所
總　經　銷　紅螞蟻圖書有限公司
　　　　　11494 台北市內湖區舊宗路二段121巷19號
　　　　　Tel：02-27953656　Fax：02-27954100
出版日期　2019年4月初版一刷

定　　價　新台幣220元

©Avanguard Publishing House 2019
Printed in Taiwan　ISBN 978-957-801-878-5

＊請上「前衛出版社」臉書專頁按讚，獲得更多書籍、活動資訊
　http://www.facebook.com/AVANGUARDTaiwan